문학시간에 소설읽기 2

문학 시간에 소설 읽기 2

전국국어교사모임 엮음

Humanist

'문학시간에 읽기' 시리즈를 펴내며

문학 작품은 왜 읽을까요? 도대체 문학이란 무엇일까요?

한 국어학자는 '문학'을 '말꽃'이라고 했습니다. '꽃'이 '아름답게 피워 낸 가장 값진 열매'이니, '말꽃'은 '말로써 피워 낸 가장 아름답고 값진 결과물'이라는 것입니다.

그런데 오늘날 입시 위주의 교육 환경에서 '문학'은 과연 학생들에게 말꽃으로 다가갈까요?

학생들은 말로 이루어 낸 가장 아름다운 꽃의 향기와 아름다움을 느끼거나 맛볼 여유가 없습니다. 이번 시험엔 어떤 작품이 출제될까만 생각하며 이런저런 참고서와 문제집을 뒤적거리느라 문학의 재미와 아름다움을 맛보고 느낄 겨를이 없으니까요.

전국국어교사모임은 학생들에게 문학의 참맛을 느끼고 맛보게 해 주고 싶었습니다. 그래서 문학사 중심, 지식과 기능 중심의 문학 교재가 아닌, 학생들이 재미있게 읽으면서도 자신의 지적·정서적 경험을 넓힐 수 있는 문학책을 만들게 되었습니다.

'문학시간에 읽기' 시리즈는 전국의 국어 선생님들이 숱한 토론을 거치면서 가려 뽑은 작품들로 구성되었습니다. 학생들이 즐겨 읽고 크게 감동한 작품들, 학생들의 감수성과 상상력을 풍부하게 만든 작품들과 만

날 수 있습니다.

이제 학생들이 논술과 수능 준비를 위해 어렵게 외우고 풀어야 하는 문학이 아닌, 나와 우리의 이야기가 녹아들어 있는 문학, 느끼고 생각할 수 있는 문학, 진실한 얼굴의 문학을 만날 수 있기를 바랍니다.

2013년 5월

전국국어교사모임

머리말

소설을 공부하면서 소설 읽는 것은 시간 낭비라고 말하는 사람들을 자주 봅니다. 이것은 물에 들어가지 않고 이론으로 수영을 배우는 것과 비슷하겠지요. 소설을 읽지 않고 그 작품의 핵심적인 것들을 요약한 내용을 암기하는 것은 직접 음식의 맛을 보지 않고 요리책에 설명된 음식의 맛을 암기하는 것만큼이나 무의미한 일입니다. 소설에 대한 모든 이야기는 우선 소설 읽기에서 출발해야 합니다.

소설 읽기는 좋아하는데 교과서에 실린 소설은 싫다는 학생도 많습니다. 그것은 사건 전개 위주의 글에 익숙한 독서 습관 때문일 수도 있지만 작품이 학생들 수준에 맞지 않기 때문인 경우가 많습니다. 소설 읽기는 읽는 사람의 지적·정서적 체험과 깊은 관련을 맺고 있는데 이런 것을 고려하지 않은 채 문학사적으로 의미 있다고 평가되는 작품들을 학생들에게 읽도록 권하는 경우가 많기 때문입니다. 이 책에 수록된 작품들은 이런 문제를 고민하여 선생님들이 숱한 토론을 거치며 가려 뽑았고, 학생들도 읽을 만하다고 평가한 작품들입니다.

소설 감상 능력이 있다는 것은 어떤 의미일까요? 한 편의 소설은 일상적 삶 속의 매우 세세한 부분들이 서로 긴밀하게 관련을 맺으면서 의미를 만들어 내는 구조로 이루어졌습니다. 따라서 소설 속의 다양한 정보를 꼼꼼하게 따져서 풍부한 의미를 조직할 수 있는 능력을 가진 사람을 훌륭한 독자라고 말할 수 있을 것입니다. 이 책에서 각 작품마다 제시한

'생각할 거리'는 작품을 꼼꼼하게 읽고 의미를 풍성하게 조직할 수 있는 길을 안내할 것입니다. 그러므로 물음에 대한 획일적인 정답은 있을 수 없으며, 그런 과정을 되풀이하면서 소설 읽는 능력을 기르는 것이 중요합니다.

소설은 우리 삶을 총체적으로 다루고 있어서 어느 한 부분에 초점을 맞추고 읽기가 어렵습니다. 특정한 방향에 따라 소설을 묶는 것도 의미 있는 일이지만 자칫 그 구분에 지나치게 매몰될 위험도 있지요. 작품을 형식과 기법 중심으로 엮거나 주제별로 엮는 방식 모두 불필요한 선입관을 심어 줄 수 있습니다. 이 책에서는, 최대한 개별 작품들의 맛을 살릴 수 있는 범위 안에서 다음의 네 가지 범주로 작품을 묶었습니다.

1권은 '나'를 중심으로 '나'의 존재에 다가가고자 하는 작품들을 모았습니다. 나와 가족을 중심으로 다양한 성장통을 앓으면서 살아가는, 여러 빛깔의 삶을 맛볼 수 있는 작품들입니다.

2권은 사회 속에서 개인은 어떤 존재인지, 어떻게 서로 관계 맺고 살아가는지를 생각해 볼 수 있는 작품들을 모았습니다. 서로 다른 삶의 조건들이 어떻게 갈등하고 화해하는지, 그리고 사회 조직과 집단 속에서 개인의 의미는 무엇일지를 생각할 만한 작품들입니다.

3권은 역사적 사건이나 상황에 무게중심을 둔 작품을 모았습니다. 일제 강점기 상황에서의 민중들의 삶, 전쟁 속에서 인간의 모습, 그리고 거대한 역사의 소용돌이를 거친 인간들이 그 상처를 치유해 가는 모습이 잘 드러난 작품들입니다.

4권은 장편 소설에서 특별히 의미 있는 부분을 뽑아 모았습니다. 수록한 부분만으로도 깊은 의미를 새겨 볼 수 있지만 작품 전체 읽기로 나아가는 맛보기가 되었으면 하는 바람으로 묶은 작품들입니다.

그러나 이것은 다만 빛깔이 다양한 작품들을 같은 방에 가두기 위한 구실일 뿐입니다. 모든 작품은 저마다 다른 것들과 견줄 수 없는 독특한 향기와 의미를 지니고 있으니까요. 각 권의 책을 묶은 범주에 너무 얽매이지 말고, 우리 몸의 온갖 감각을 동원하여 맛있는 음식을 즐기듯이 그렇게 소설의 맛을 느끼기 바랍니다.

일단 물 좋은 소설의 수영장에 뛰어들어야겠지요. 그리고 물길을 헤쳐 가는 몇 가지 안내에 따라서 마음을 소설 속에 담그고 열심히 팔을 저어 봅시다. 그러다 보면 어느새 밖으로 나가 물결 험한 소설의 바다를 헤엄칠 수 있는 능력을 가질 수 있을 것입니다. 물론 그 힘이 팍팍한 세상을 넓게 보고 따뜻하게 감싸 안을 힘으로 성숙하겠지요.

2013년 6월

'문학시간에 소설읽기' 집필모임

차례

도둑맞은 가난

박완서

상훈이가 오늘 또 좀 아니꼽게 굴었다. 찌개 냄비를 열자 두부점 위에 하필 커다란 멸치란 놈이 올라와 있었고, 그걸 본 상훈이는 허연 멸치 눈깔 징그럽다고 대가리는 좀 따고 넣으면 어떻겠느냐고 했다. 점잖게 눈살까지 찌푸리며 그런 소리를 했다. 나는 그 자리에서 이보란 듯이 대가리를 따서 입속에 넣고 자근자근 씹으며 대가리에 영양분이 더 많은 것도 모르느냐고 대거리를 했다.

멸치가 아무리 커도 멸치는 멸친데 그까짓 멸치 대가리에 달린 파리똥만 한 눈깔 따위에다 신경을 쓰는 상훈이가 나는 아니꼽기도 하거니와 막연히 불안하기도 했다.

나는 내가 저를 얼마나 마땅찮아 하고 있는지 나타내기 위해 입을 삐죽하며 눈을 보얗게 흘겨 줬다. 그러나 상훈이는 탓하지 않고 곧 내가 하는 대로 덩달아 두부점과 우거지를 헤치고 멸치를 찾아 먹기 시작했다.

"제기랄, 눈 감고 죽은 놈은 한 놈도 없잖아."

"제명에 못 죽었으니까 그렇지 뭐."

"그럼 도미나 대구 같은 점잖은 생선도 눈 뜨고 죽게."

"그럼 그걸 말이라고 해."

우린 같이 낄낄대며 아침을 게 눈 감추듯 달게 먹었다.

"어때, 여자하고 같이 사니까 좋지?"

"응, 그렇지만 방이 너무 좁아서 더 불편하지 않아?"

나는 이 동네선 이만한 방에 대여섯 식구씩은 다 산다며, 저하고 나하고 같이 살게 된 후 절약되는 돈 액수를 또 한 번 조목조목 따져 들어갔다. 나는 그것을 따질 때마다 신바람이 났다. 먼저, 절약되는 액수 중 제일 큰 몫을 차지하는 방세 사천 원, 그러고 나서 연탄값, 반찬값, 양념값 등 덜 드는 걸 시시콜콜 따지자면 한이 없었다. 그렇지만 두 가구가 한 가구가 됨으로써 이익을 보는 수도값, 전기값, 오물세까지 따지면서도 가장 중요한 건 일부러 빼먹었다. 서로 좋아한다는 것, 실상은 이게 둘이 같이 사는 가장 중요한 이유일 텐데 나는 그 말을 번번이 빼먹었다. 그 말에 부끄럼을 타기도 했지만, 그 말만은 상훈이가 나에게 하게 하고 싶었다. 나는 같이 살자는 제안을 내 쪽에서 먼저 하면서도 그 말을 안 했다. 심지어 두 방 쓰다가 한 방 쓰면 연탄을 네 장에서 두 장으로 절약하는 데 그치는 게 아니라, 둘이 한 이불 속에서 꼭 껴안고 잠으로써 다시 하루 반 장 내지 한 장의 연탄을 더 절약할 수 있다는 소리까지 거침없이 하는 배짱이 그 소리는 안 했다. 안 한 게 아니라 아껴 두었다. 언제고 제가 나에게 그 소리를 하게 할 테다. 나는 그렇게 벼르고 있을 뿐이다.

도시락을 싸서 상훈이를 먼저 내보내고 나는 서둘러 설음질을 했다. 상훈이는 멕기 공장에 다녔다. 은반지를 감쪽같이 금반지로 만들기도 하고 백통 수저를 은수저로 만들기도 하는 곳이란다. 아무려면 진짜 금반지하곤 어디가 달라도 다르겠지 했더니 절대로 눈으로 봐선 알 수 없을 만큼 그 멕기 기술이란 게 희한하단다.

내가 설음질을 할 때쯤은 나란히 달린 여섯 개의 방마다 설음질할 시간이었다. 방 앞에 달린 쪽마루에서 설음질들을 했다. 쪽마루 밑에는 연탄아궁이가 있고, 쪽마루 위에는 식기, 바께쓰, 간장병 따위가 있으니까 쪽마루가 조리대, 싱크대가 되는 셈이었다. 집주인이 셋방에 부엌을 만들어 준답시고 추녀 끝에서 블록 담까지 사이의 무명폭만 한 하늘을 아예 슬레이트와 루핑 조각으로 막아 버려 명색이 부엌인 이곳은 침침하고 환기도 안 된다.

늘 연탄가스와 음식 냄새로 숨이 막힐 것 같다. 매캐하고 짜고 고리타분하고 시척지근한 냄새가 밖에서 갓 들어서면 눈이 실 만큼 독했다. 이 냄새는 방에도 옷에도 이부자리에도 배어 있었다. 내 몸에서도 이 냄새가 날 것이다.

그러나 나는 이 냄새를 부끄러워하거나 싫어하면 안 된다. 우리 어머니와 아버지와 오빠가 이 냄새를 싫어했기 때문이다. 이 냄새를 맡느니 차라리 죽는 게 낫다고 생각하고 어느 날 죽어 버렸기 때문이다. 나만 남겨 놓고 죽어 버렸기 때문이다. 나는 이런 못난 부모 동기에게 복수하는 뜻에서도 이 냄새에 길들여져야 하는 것이다.

설음질들을 하면서 누구나 나에게 말을 시키지 못해 안달을 하고 있다는 걸 나는 안다. 내가 끌어들인 청년에 대해 모두 궁금한 모양이었다. 그러나 별 악의가 있어 뵈지는 않았다. 제일 끝방 아줌마가 혀를 끌끌 차며 힐끗 내 눈치를 보는 꼴이 냉수라도 떠 놓고 예를 갖추라는 소리가 또 나올 것 같았다. 나라고 그런 소리를 아주 귀담아듣지 않는 건 아니었다. 그까짓 거 예만 갖출까, 이왕이면 여섯 방 아줌마들에게 국수 대접인들 못할까도 싶었다. 그렇지만 상훈이 제가 먼저 나를 좋아한다고 하기 전에 그런 일로 돈을 쓰다니 어림도 없다.

그래서 나는 아무도 나에게 말을 못 시키게 목청껏 노래를 뽑으며 설음질을 했다. 그까짓 두 식구 설음질, 저 푸른 초원 위에 그림 같은 집을 짓고 ─ 한 곡 부를 사이도 안 걸렸다. 나뿐 아니라 이곳 셋방 여자들은 설음질을 대개 이렇게 후다닥 엉터리로 해치웠다. 공장이나 취로 사업장으로 나갈 시간이 바쁘기 때문이었다.

밖은 바람이 칼날같이 매운 겨울 아침이었다. 바람이 쓰레질하듯 길바닥을 핥으며 연탄재와 더러운 종잇조각을 한 군데로 수북이 쌓아 놓았다가 다시 회오리바람이 되어 공중 높이 말아 올려 산지사방으로 더러운 진애(塵埃)를 살포했다. 뺨이 아리고 눈앞의 모든 것이 흙먼지 속에 부옇게 흐려 뵀다. 비탈에 닥지닥지 붙은 집들의 지붕을 덮은 슬레이트나 함석 조각이 이상한 소리를 내며 몸을 뒤틀었다.

고개가 목도리 속에 자라 모가지처럼 움츠러들었거나 아예 머리통은 눈만 내놓고 강도처럼 복면을 하고서도 용케 만나는 사람마다 서로 잘 알아봤다. 거의 매일 같은 시간에 만나는 얼굴이기 때문이다. 삽을 들고 취로 사업장으로 나가던 어떤 아줌마는 눈을 찡긋하며 너 요새 재미 좋다며 하기도 했다. 그럴 때 이 아줌마는 겹겹이 걸친 누더기 밖으로까지 이상하도록 짙은 색정적인 걸 발산했다. 나는 사춘기에 암내 내는 동물을 보았을 때처럼 부끄러움과 징그러움과 미묘한 호기심을 동시에 이 여자한테서 느꼈다. 그리고 연탄 반 장을 아끼기 위해서라는 핑계로 한 이불 속에서 꼭 껴안고 자는 상훈이와의 뭔가 막연히 미흡한 교접을 생각하고 불안해졌다.

모든 것이 얼어붙은 겨울 아침의 산동네 골목골목은 살아 있는 것처럼 힘차게 꿈틀거리고, 만나는 사람마다 마치 여름 아침의 억센 푸성귀처럼 청청한 생기에 넘쳐 있다. 가난을 정면으로 억척스럽게 사는 사람들의 이런 특이한 발랄함을 우리 어머니는 얼마나 치를 떨며 경멸했던가. 배알도 없는 것들이 천덕스럽고 극성스럽기만 하다고. 그래서 어머니는 아버지와 아들을 꼬여서 같이 죽어 버렸던 것이다. 흡사 찌개 속의 멸치처럼 눈을 동자 없이 하얗게 뒤집어쓴 추한 주검과, 냄새나는 가난을 나에게 떠맡기고.

그들이 죽기를 무릅쓰고 거부한 가난을 내가 지금 얼마나 친근하게 동반하고 있나에 나는 뭉클하니 뜨거운 쾌감을 느꼈다. 그들은 겉으론 가난을 경멸하는 척했지만 실상은 두려워하고 있었다는 걸 나는 안다. 나는 뽐내기 좋아하는 소년처럼 가슴을 펴고 비탈길을 곤두박질하듯 달렸다.

공장이라 부를 것도 없는 서너 간 정도의 온돌방에는 쏙닥거려 놓은 헝겊 조각이 무더기로 쌓여 있고 창가엔 세 대의 미싱이 놓여 있다. 주인아줌마가 피륙을 겹겹이 겹쳐 놓고 본을 대고 면도칼로 오리는 일을 하다가 나를 쳐다보고 희미하게 웃었다. 나는 주인아줌마가 피륙을 이렇게 잘게 쏙닥거리는 걸 볼 때마다 가슴에 통증이 올 만큼 아까운 생각이 들었다. 인형도 입을 것은 다 입는다. 팬티도 만들고 앞치마도 만들고 브래지어도 만들어야 한다. 원피스엔 주머니도 달고 단추도 달고 수까지 놔야 한다. 속치마에 레이스도 달아야 한다. 이런 일은 다 철저한 분업으로 이루어지기 때문에 코딱지만 한 인형 옷 하나 만드는 데도 몇 사람의 손이 가야 한다. 나는 온종일 아줌마가 쏙닥거려 놓은 걸 미싱으로 박기만 하면 된다. 꼬마 옷을 한없이 박음질하다 보면 나는 마치 내가 꼬마 나라에 유배되어 옷 짓는 노예 노릇을 하고 있는 것처럼 느꼈다.

주인아줌마도 저녁때쯤엔 지쳐서 나더러 어깨를 쳐 달라며 같잖은 것들이 옷들도 육시랄 하게 입어 쌓는다고 욕을 했다. 그렇지만 그것들이 옷을 입어 쌓지 않고 벌거벗고 살게 되는 날이면 주인아줌마도 나도 밥줄이 끊어지고 만다는 걸 모를 리가 없다.

나는 미싱을 놀리며 언제고 양재를 배울 것을 꿈꿀 때가 제일 즐거웠다. 옷다운 옷을 만드는 일류 재봉사가 되어 일류 양장점에 고용될 날을 막연히 꿈꾸며 재봉틀을 놀리면, 이런 단조로운 작업도 한결 덜 지루했다. 내가 일류 재봉사가 된 후에도 상훈이가 멕기 공장 직공이어도 괜찮을까, 그걸 잘 모르겠어서 약간 고민도 되었다. 은반지를 감쪽같이 금반지로 만드는 일은 확실히 신기한 일이지만 너무 요술기가 있어서 사기꾼 같은 일이 아닐까 하는 생각도 들었다. 그렇지만 상훈이 말로는 장사꾼들이 그걸 갖다가 금반지로 속여 파는 일은 없고 다만 금반지를 끼고 싶지만 돈이 없는 사람들에게 싸게 팔 뿐이라니 얼마나 좋은 일인가도 싶었다. 실상은 나도 그런 거라면 하나 끼고 싶었다. 언제고 한 번은 상훈이가 나를 좋아한다는 소리를 하긴 할 테고, 그때 넌지시 멕기한 금반지를 내 손에 끼워 주면서 그런 소리를 한다면 얼마나 무드가 날까. 그러면 나는 누구에게도 그게 멕기한 반지란 걸 알리지 말아야지. 이런 공상은 절로 웃음이 비죽비죽 나올 만큼 행복한 공상이었다.

그러나 주인아줌마는 남의 속도 모르고 즐겁고 훈훈한 공상에 구정물을 끼얹는 것 같은 소리를 했다. 밑도 끝도 없이 푸듯이

"쯧쯧, 네 에미 년은 죽일 년이다. 죽일 년이고말고."

어머니는 몇 달 전에 이미 죽었고, 주인아줌마는 누구보다도 그걸 잘 알고 있을 터인데도 그걸 욕이라고 했다. 어머니가 죽었을 때도 제일 먼저 달려와 준 이 아줌마는 이런 몹쓸 년 봤나, 이런 죽일 년 봤나, 하고 치를 떨었다.

아줌마는 우리가 지독하게 가난해진 후에도 우리와 왕래하던 어머니의 단 하나의 친구였고, 어머니의 허영을 어느 만큼은 이해했던 친구이기도 했다. 아버지 회사가 망해서 아버지가 머리 허연 나이에 퇴직금 한 푼 못 받고 실직했을 때 어머니가 앞으로의 생활 대책을 논의했던 단 하나의 친구도 이 아줌마였다. 아줌마는 소싯적에 과부가 되어 이것저것 안 해 본 일이 없었기 때문이었다. 아줌마는 우선 우리가 그동안 한 푼의 저축도 없이 살았다는 걸 알고 어안이 벙벙해 했다. 너 그동안 내가 태워 준 계만 해도 몇 구찐데 그 목돈 다 어쨌느냐고 따졌다. 어머니는 조금도 풀이 죽지 않은 채, 넌 월급쟁이 생활을 몰라서 그렇지 다달이 적지 않이 적자가 나게 마련이고 곗돈으

로 그 적자 메우기도 바빴다고 발뺌을 했다. 아줌마는 너 앞으로 고생 좀 해도 싸다며 방이나 한 칸 전세 주어서 식료품 가게나 내 보라고 일러 주었다. 다행히 집이 길목 좋으니까 두 내외가 열심히 뛰면 생활은 될 거라고 했다.

그러나 어머니는 아줌마 말을 따르지 않았다. 사회적으로 어엿하게 출세한 남편 갖고, 생활 기반이 확고하게 잡힌 친구들 보기 창피하게시리 어떻게 구멍가게를 할 수 있느냐는 거였다. 사람이 한번 본때 있게 살아 보려면 통이 크고 투기성이 있어야 하고 기회를 잘 잡아야 하는데 지금이 바로 그 기회라고 어머니는 아버지를 충동질했다. 아버지가 회사에 잘 다녀 착실하게 생활을 꾸려 나갈 때도 어머니는 외출만 했다 돌아오면 신경질을 부렸었다. 남들은 수단들이 좋아 작년 다르고 올해 다르게 살림이 늘고 으리으리하게들 사는데 이놈의 집구석은 어떻게 된 게 만날 요 모양 요 꼴로 사는지 모르겠다고, 아버지를 상전이 하인 들볶듯 들볶아 쳤다. 그러니까 어머니는 아버지의 실직이 아버지가 쩨쩨한 월급쟁이 생활을 면하고 통이 큰 사업가가 될 좋은 계기가 되길 바랐던 것이다.

그래서 어머니는 수억대를 가지고 있다는 부자 친구네를 뻔질나게 드나들더니 드디어 집을 담보로 목돈을 빌릴 수 있었다. 어머니의 이런 내조에 힘입어 아버지는 사무실을 얻고, 전화 놓고 회전의자 돌리고, 급사도 두고 사장 노릇을 시작했다. 어머니는 하루에도 몇 번씩 아버지 회사에 전화 걸기를 좋아했다. 응, 미스 최야? 여기 사장님 댁인데 사장님 좀 바꿔 줘. 그 소리를 하고 싶어 못 살아 했다. 그러나 미처 그 소리에 사모님다운 가락이 붙기도 전에 회사는 망하고 집까지 내쫓겼다. 저당권 설정하고 빌린 돈을 이자도 원금도 한 푼도 안 갚았으니 명의가 이전되고 내쫓기는 건 당연한 결과라는 거였다. 그 밖에도 조금씩 얻어다 쓴 푼돈 때문에 세간살이까지 돈 될 만한 건 다 빼앗겼다. 어머니는 어머니의 부자 친구한테 네가 이렇게 나올 줄은 정말 몰랐다고 원망하다가 나중에는 미친 듯이 대들었지만 모든 것이 그 친구의 뜻대로 되고 말았다. 나는 지금도 우아하고 기품 있는 어머니의 그 부자 친구가 눈썹 하나 까딱 안 하고 우리의 모든 것을 빼앗아 가던 날을 생생하게 기억한다.

그래도 그 친구는 우리를 거리로 내쫓지 않고 전세방을 하나 얻어 주었다. 너는 고생해 싸지만 네 자식들이 불쌍해서 베푸는 동정이라고 하면서.

이렇게 어머니의 친구들은 인형 옷 만드는 집 아줌마건, 수억대를 주무르는 부자 친구건 모두 어머니에게 고생을 해서 싸다고 그랬었다. 그러나 죽어도 싸다곤 안 그랬었다.

어머니는 전세방에 나앉은 후에도 도저히 자식들 공부를 계속 시킬 수가 없다는 현실을 인정하려 들지 않았다. 세상에, 개돼지도 아니고 인두겁을 쓴 사람으로서 어떻게 자식 대학 공부를 안 시키겠느냐고 철없이 설쳤다. 아버지도 어머니도 어디 가서 한 푼이라도 벌 궁리는 안 하고 그저 공부 공부 하면서 전셋돈을 빼다가 오빠들 삼류 대학 등록금 하고, 내 고등학교 등록금 하고, 그러곤 사글셋방으로 옮겨 앉았다. 그러나 학교고 뭐고 다 고만둬야 할 날은 어김없이 왔고, 기어이 보증금도 없이 월세만 사천 원인 산동네까지 가는 신세가 되고 말았다. 그러면서도 어머니는 우리가 알거지가 됐다는 걸 인정하려 들지 않았다. 고리타분하고 시척지근한 가난의 냄새에 발작적으로 진저리를 쳤고, 가난한 사람들의 끈질긴 생활력을 더러운 짐승처럼 징그러워 했고, 끝내 가난뱅이 하곤 상종을 안 했다. 아무리 없는 것들이기로서니 아무리 상것들이기로서니 인두겁을 쓰고 어떻게 이런 굴속 같은 방에서 이렇게 비위생적으로, 이런 지독한 냄새를 풍기며 살 수 있을까 하고 흉을 보았다.

그러면서도 어머니는 우리 살림을 제일 더럽게 해서 우리 쪽마루엔 설음질도 안 한 그릇들이 다음 끼니때까지 그대로 헤벌려져 있어 온 동네 파리가 살판난 듯 엉겨 붙게 내버려 두었다. 어머니는 이렇게 가난에 길들여지기를 한사코 거부했던 것이다.

인형 옷 만드는 집 아줌마가 어머니에게 자기 집에 그 일이라도 거들어서 새끼들 굶기지는 않아야 할 것 아니냐고 몇 번이나 권하다 못해 나한테 너라도 나와 보지 않으련 했다. 나는 얼씨구 하고 거기 나가서 그 앙증한 옷을 만드는 일을 배웠다. 그 일은 재봉틀이나 놀릴 줄 알면 되는, 기술이랄 것도 없는 쉬운 일이었다. 내가 하는 것을 며칠 지켜보던 아줌마는 한 달에 만 원씩 주마고 했다. 너니까 너희 식구 살려 주는 셈치고 특별히 후하게 준다는 거였다. 그날 나는 그 소식으로 식구를 즐겁게 하고 싶어 한달음으로 집으로 달려왔다. 만 원이라야 집세 빼면 다섯 식구 쌀값도 안 떨어질 푼돈이었지만, 식구 중 제일 어린 내가 만 원을 벌 수 있으니 식구가 다 발 벗고, 체면치레도 벗고 나서면 제가끔 만 원씩이야 못 벌어들일까 싶었다.

합심하면 살 수 있어요. 이 동네 사람들이 다들 그렇게 사니까 창피할 것 하나도 없어요. 아이들도 벌고 어른들도 벌고, 노인들도 벌고, 개같이 벌어서 정승같이 살고들 있어요. 텔레비전 놓고 사는 집도 있고, 며칠에 한 번씩 돼지고기 구워 먹으면서 사는 집도 있고 아무튼 시끌시끌 노래도 부르고 낄낄낄 웃기도 하며 살고 있어요. 우리도 그렇게 살아요, 네. 우린 식군 노인도 없고 아이도 없고 다 벌 수 있잖아요. 서로 기대지 않고 다 나가서 벌면 못 살 것도 없단 말예요. 나는 이렇게 열심히 식구들을 부추겼다. 그러나 어머니는 오냐 우리가 너한테 기댈까 봐, 안 기댄다 안 기대 두고 보렴 하더니 그 다음 날 내가 공장에서 돌아왔을 때 우리 식구는 죽어 있었다. 가을이라곤 하지만 노염(늦더위)이 가시지 않은 무더운 날, 방에 연탄불을 피워 놓고 문틈을 꼭꼭 봉하고 네 식구가 나란히 죽어 있었다. 나만 빼놓고 자기들끼리만 죽어 있었다.

공장에서 돌아오는 길에 아무리 늦어도 시장에 들르는 게 내가 상훈이하고 함께 살게 된 후 새로 생긴 버릇이었다. 생선 가게 앞에서 나는 대구와 도미를 구경했다. 생선은 아무리 점잖고 고급 생선이라도 눈 뜨고 죽는다고 아침에 상훈이한테 장담했지만 어째 좀 어정쩡해서 다시 확인해 봤다. 모든 생선이 해맑은 눈을 둥그렇게 뜨고 좌판에 누워 있었다. 생선은 눈은 있어도 눈꺼풀이 없겠거니 싶자 웃음이 쿡쿡 치밀었다.

나는 짜게 절인 고등어를 한 손 샀다. 고등어란 놈을 연탄불에 얹어서 구우려면 기름이 많은 놈이라 연기도 몹시 나겠지만 냄새도 지독할 게다. 아마 터널 속 같은 여섯 가구 공동의 부엌을 짜고 비린 고등어 굽는 냄새로 꽉 채울 게다. 나는 의기양양해서 산동네를 향해 종종걸음을 쳤다. 상훈이는 먼저 와 있었으면서 아무것도 안 해 놓고 벌렁 누워 있었다.

"먼저 온 사람이 밥 해 놓기로 했잖아."

상훈이는 들은 척도 안 하고 담배만 한 개비 꼬나물었다.

"너 정말 이러기야. 네가 날 부려 먹으려면, 네가 날 먹여 살려얄 게 아냐. 안 그래. 누가 누구 덕 보려고 같이 사는 거 아니잖아."

우리 생활비를 서로 공평하게 반분해서 부담하고 있으니만큼 가사에 소모하는 노동력도 그러기로 했던 것인데 암만 해도 노동력에선 내가 밑지고 있는 것 같아 억울한 생각이 들었다.

"오늘은 좀 내버려 둬 줘."

상훈이는 풀이 죽어 있었다. 슬픔을 억제하고 있는 것같이도 보였다.

"왜, 공장에서 무슨 기분 나쁜 일이라도 있었어?"

나는 대번에 상냥해지고 말았다.

"만식이, 그치가 오늘 기어코 공장에서 피를 토했잖아."

"어머머, 그럼 걔가 정말 폐병쟁이였구나. 그래서? 그래서 어떻게 됐어?"

나는 만식이를 만난 일은 없지만 상훈이한테서 창백하고 늘 밭은 기침을 콜록콜록한다는 얘기를 들어서 알고 있었다. 암만해도 폐병쟁이 같다며 같이 점심 먹을 때가 제일 기분이 나쁘다고 했었다.

"별안간 각혈을 하고 정신을 못 차리고 쓰러지니까 주인은 송장 치우게 될까 봐 겁이 나는지 빨리 집에 업어다 주라고 괜히 우리들만 갖고 호통이잖아. 그래서 업어다 주고 주인이 준 돈도 전해 주고 왔지 뭐."

"주인이 돈을 얼마나 주었는데."

"얼만 얼마야, 어제까지 일한 거 일당으로 쳐 줬지."

"깍쟁이 자식. 그건 그렇고, 그래 너희들은 가만히 보고만 있었어?"

"보고만 있잖으면 어떡해?"

"친구가 그 꼴이 됐는데도 같이 일하던 공장 친구들이 보고만 있었단 말이지. 그러고도 마음이 편하단 말이지? 그러면 못써. 뭐니 뭐니 해도 어려울 땐 어려운 사람들끼리 도와야지. 그러면 못쓴다고."

상훈이는 그래도 내 말을 못 알아듣고 어리둥절해 했다. 그럴 때의 그는 몹시 아둔하고 맹추스러워 보였다. 가난뱅이답지 않게 수려한 이목구비도 백치스러워 보였다. 나는 그런 그에게 맹렬한 저항을 느꼈다. 그래서 와락 짜증을 내면서 없는 사람끼리 그러면 못쓴다고 돈을 추렴해 가지고 문병 가서 가족을 위로하고, 특히 본인에겐 곧 나을 테니 걱정 말고 몸조리나 잘 하라고 거짓말을 시켜야 한다고 가르쳤다. 죽을 때까지 가끔가끔 그렇게 해 줘야 한다고 타일렀다. 죽을 때까지라면 한없이 긴 동안 같지만 각혈을 했다니 살면 얼마나 살랴, 나는 처연한 기분으로 그런 계산까지 했다.

우리는 맛없게 저녁을 먹고, 말없이 뜨악하게 앉았다가 자리에 들었다. 외풍이 센 방에선 그저 눕는 게 제일이었다. 이불 밖으로 코를 내놓으면 코끝이 시리게 외풍이 세고 방바닥이라야 겨우 냉기가 가신 방에서 우리는 어쩔 수 없이 서로를 밀착시켰다. 그리고 한 이불 속에 든 남녀라면 누구나 할 수 있는 짓을 하면서도 나는 이게 아닌데, 아아, 이게 아닌데 하고 생각했다. 그건 우리가 둘다 서로 그 방면에 풋내기라는 데서 오는 초조감하곤 달랐다. 나는 그 짓을 통해 따뜻하고 평화스러운 느낌이 되길 바랐지만 정반대의 느낌으로 끝나게 마련이었다. 그래서 나는 울고 싶었다. 그러나 억지로 참았다. 나는 행복했던 적에도 울기 잘하는 계집애였어서 울고 난 후에 모든 것이 씻겨 내린 듯한 상쾌감을 알고 있었다. 그러나 나는 지금 모든 것을 씻겨 낸 후의 내 모습을 보는 것을 원치 않았다.

아침에 나는 우리 공동의 예금 통장을 상훈이한테 주면서, 돈을 거두려면 그 주동자가 먼저 선뜻 돈을 내놓고 나서 남에게 손을 벌리는 게 순서이고, 그렇게 해야 일이 쉬울 거라고 일러 줬다. 얼마간이라도 걷히는 대로 빨리 갖다 주라고 신신당부를 하고 공장에 나와서도 뭔가 좋은 일을 하고 있다는 걸로 온종일 마음이 흐뭇했다. 내가 살고도 남아 남을 돕는다. 생각만 해도 자랑스러웠다.

그러나 밤에 집에 돌아온 나는 기절을 할 만큼 놀랄밖에 없었다. 예금 통장에 잔고가 한 푼도 남아 있지 않았다. 몽땅 털어 폐병쟁이한테 갖다 줬다는 거였다. 삼만 원이 넘는 돈을 몽땅, 그게 어떤 돈이라고. 정말이지 미치고 환장을 하지 않고서는 도저히 그럴 수 없는 일이었고 나 역시 미치고 환장을 하지 않고서는 도저히 참아 줄 수 없는 일이었다.

"미안하게 됐어. 그렇지만 말이야, 네가 몰라서 그렇지 누구한테 돈을 걷니? 다 말도 못하게 지독한 가난뱅이들뿐인걸."

"뭐라고. 모두 가난뱅이들뿐이라고? 그럼 우린 뭐니? 우린 부자니 응? 우린 부자야?"

나는 내 분을 이기지 못해 그의 멱살을 잡고 질질 끌어다가 골통을 벽에다 콩콩 부딪쳐 주었다. 그래도 그는 태평스레 히죽히죽 웃었다. 그는 삼만여 원 중 반이 넘는 돈이 자기 돈인데 조금도 아까워하지 않고 있었다. 그렇다고 그가 그 폐병쟁이를 뼈아프게 동정했던 것도 아니란 걸 나는 안다. 둘 다 그에겐 조금도 절실하지 않았다. 바로 그것이 문제였다. 따라서 도와주고 싶은데 돈은 아깝고, 그래서 돈을 꺼냈다 넣었다, 이천 원을 내놓을까 삼천 원을 내놓을까, 천 원 상관으로 십 분도 넘게 괴로워하고 도와줄까 말까로 한 시간도 넘어 애타심과 이기심이 투쟁을 하는 그 뼈아픈 갈등을 전연 겪지 않고, 헌신짝 버리듯 무심히 삼만여 원을 그냥 버렸던 것이다. 그걸 깨닫자 나는 오한처럼 오싹 기분 나쁜 불안감을 느꼈다.

"넌 뭐니. 넌 뭐야? 이 새끼야. 넌 부자니, 부자야?"

나는 불안을 털어 버리려고 다시 악을 썼지만 그는 여전히 히죽히죽 웃기만 했다. 나는 제풀에 지쳤다. 나는 기진맥진 지칠 대로 지쳤는데도 좀처럼 잠들지 못했는데 그는 곧 잠들었다. 나는 수명이 다돼 침침한 이십 촉짜리 형광등 밑에서 그의 자는 얼굴을 곰곰이 들여다

보았다. 도대체 넌 뭐냐? 삼만 원이 넘는 돈을 헌신짝처럼 버리고 편히 잠들 수 있는 너는 뭐냐. 기가 죽지 않는 건 좋다고 치자. 그렇지만 너의 그건 가난뱅이들의 억척스럽고 모진 그 청청함하곤 확실히 다르다. 전연 이질적인 것이다. 나는 깊이 전율했다.

내가 상훈이를 만난 것을 오 원짜리 풀빵을 굽는 포장 친 구루마 앞에서였다. 나는 한눈에 그가 그 근처에 즐비한 가내 공업 하는 공장의 직공이라는 걸 알 수 있었다. 그런데 풀빵을 먹는 꼴이 여간만 꼴불견인 게 아니었다. 손이 더럽다는 걸 지나치게 의식해서 그랬겠지만 풀빵을 맨손으로 잡지를 않고 어디서 났는지 오톨도톨한 꽃무늬가 있는 하얀 종이 냅킨으로 싸서 집어 먹고, 다 먹고 나서는 그 냅킨으로 입 언저리를 자못 점잖게 꾹꾹 눌러 닦았다.

같은 오 원짜리 풀빵을 먹으면서 그까짓 종이 한 장으로 이곳에서 풀빵을 먹고 있는 배고프고 피곤한 저녁나절의 직공들 사이에서 우월감 같은 걸 누리고 있는 게 몹시 꼴사납게 보였다. 그때 나는 도시락도 못 싸 가지고 다닐 때라 배가 몹시 고팠기 때문에 풀빵을 계속해서 정신없이 집어 먹었다. 다 먹고 나서야 냅킨으로 싸서 먹던 아니꼬운 녀석이 여태껏 나를 지켜보고 있었다는 걸 알았다. 너 그렇게 먹고도 목 메지 않니. 어디서 차나 한잔 사 줄까 하고 그가 수작을 붙였다. 차를 사 준다는 소리에 나는 배꼽을 움켜잡고 숨이 막히게 웃고 또 웃었다. 저 얼간이 같은 게 여자를 꼬드길 때, 다방에나 가자로 시작한다는 건 그래도 어디서 들어서 알고 있구나 싶어 그게 그렇게 우스울 수가 없었다. 저하고 나하고 그 주제꼴하며 풀빵 먹는 배

속하며 다방이 아랑곳인가. 그렇지만 차츰 나는 이 얼간이가 마음에 들었고, 풀빵 집에서 못 만나고 마는 날은 하루를 헛산 것같이 허수했다. 혼자 산다고 하기에 나처럼 고아려니 했고, 그래서 같이 살자고 내 쪽에서 먼저 꼬드겼고 – 이것이 내가 상훈이를 알게 되고 같이 살게 된 전부였다.

폐병쟁이 사건이 있은 후에도 우리는 같이 살았지만, 나는 가끔가끔 그에게 발작적으로 신경질을 부렸다. 나는 삼만 원 때문에 그를 그렇게 들볶는 척했지만 실상은 그게 아니었다. 그가 폐병쟁이에 대해 완전히 잊어버리고 하루하루를 편히 사는 게 가끔 미운 생각이 났고 그래서 그렇게 들볶는 거였다.

그러던 어느 날 그는 아무런 예고 없이 집에 들어오지 않았다. 다음 날도 그 다음 날도 계속 들어오지 않았다. 기다리다 기다리다 드디어 나는 굴욕감을 무릅쓰고 멕기 공장을 찾아가 보았다. 멕기 공장에도 안 나온다는 거였다. 주인이 나에게 무서운 소리를 했다. 어디서 사고가 나도 크게 났을 게 틀림없다는 거였다. 다른 데로 날려면 월급도 당겨쓰고 구멍가게 외상도 잔뜩 지고 나는 법인데 월급 셈도 안 해 가지고 없어졌으니 차에 치여 죽었든지 깡패 칼에 맞아 죽었든지 둘 중 하나겠지, 하고 자못 자신 있게 장담을 했다.

그날 나는 별의별 끔찍한 공상을 다 하며 잠을 못 잤지만 그를 위해 무엇을 어떻게 해야 되는지는 전연 알지를 못했다. 서울 장안이 어느 만큼 크고 복잡한가 나는 그것을 제대로 파악조차 할 수 없는 채 다만 겁이 날 뿐이었다. 나는 밤마다 오그리고 새우잠을 자면서

훌쩍훌쩍 울고 아침에는 여전히 공장에 나갔다. 밥벌이를 위해서도 공장에는 나가야 했지만 공장에 나가 있는 동안 그가 돌아와 있을지도 모른다는 생각, 꼭 돌아와 있을 것만 같은 확신으로 하루를 보내고, 방에 불이 켜져 있을 것을 믿으며, 산동네의 비탈길을 미친 듯이 달음질치는 뜨겁고 부푼 기대의 시간을 위해서 공장에 나가는 거였다. 나는 기적이란 사람 눈에 안 띄게 몰래 일어나는 것으로 막연히 알고 있었고, 그래서 내 방에서 기적이 일어나게 하기 위해서도 매일 방을 비워 줘야 하는 것이었다. 나는 매일 허탕을 치면서도 매일 기다렸다. 내가 할 수 있는 일은 그것밖에 없었다.

어느 날, 내 방에 불이 켜져 있었다. 그리고 상훈이가 돌아와 있었다. 그는 냉랭하고 남남스러운 얼굴로 나를 맞았다. 그는 좋은 옷을 입고 있었고, 머리끝에서 발끝까지 깨끗했다. 그래서 그런지 그가 내 방에 앉아 있는 게 아주 비현실적으로 보였다. 나는 그가 비참하게 돼서 돌아오는 경우만 상상했지 이렇게 훌륭하게 돼서 돌아오는 경우를 전연 예기치 못했으므로 우두망찰했다. 잠시라도 어디로 도망갔다 다시 나타날 수 있으면 뭔가 좀 수습할 수 있을 것 같았다.

"웬일이야?"

나는 내가 들어도 내 목소리 같지 않은 가래가 걸린 듯한 잠긴 소리로 겨우 이렇게 말했다.

"응, 돈 갚으려고. 그때 그게 삼만 얼마더라?"

그는 은행원처럼 친절하고 사무적인 태도로 말했다. 나는 내 속에서 꿈틀대던 정다운 것들이 영영 사라져 가고 있는 것처럼 느꼈다.

지독한 혼란이 왔다.

문득 그의 옷깃에서 빛나는 대학 배지가 눈에 띄고, 방바닥에 그의 것인 듯한 술이 두꺼운 책까지 눈에 띈다. 번개처럼 어떤 생각이 머릿속에 떠올랐다. 나는 겁먹은 소리로 악을 썼다.

"너 미쳤니? 너 기어코 도둑질을 했구나. 해도 왕창. 그리고 가짜 대학생 짓까지. 너 정말 미쳤니?"

그러자 그게 다 나 때문인 것 같았다. 삼만 원 때문에 허구한 날 들볶은 나 때문인 것 같았다. 나는 더럭 겁도 났지만 심장이 찐하도록 감동했다. 그래서 나는 잔뜩 울상을 하고 그에게 안기려고 했다. 그러나 그는 나를 고상하게 거부했다.

"여봐, 이러지 말고 이제부터 내가 하는 소리를 정신 차리고 똑똑히 들어. 나는 미치지도 않았고 도둑놈은 더구나 아냐. 나는 부잣집 도련님이고 보시는 바와 같이 대학생이야. 아버지가 좀 별난 분이실 뿐이야. 아들자식이 너무 고생을 모르고 자라는 걸 걱정하셔서 방학 동안에 어디 가서 고생 좀 실컷 하고, 돈 귀한 줄도 좀 알고 오라고 무일푼으로 나를 내쫓으셨던 거야. 알아듣겠어?"

어떻게 그걸 알아들을 수가 있단 말인가. 우리 어머니는 부자들이 얼마나 호강하며 사나에 대해 아는 척하기를 좋아했었다. 세상에 돈만 있으면 안 되는 게 없고 못하는 게 없고, 인생의 온갖 열락이 돈 주위에 아양을 떨며 모여든다고 했다. 그렇지만 가난뱅이 짓을 장난 삼아 해 보는 부자들에 대해선 들은 바가 없다.

"우리 아버진 좋은 분이야. 요즈음 세상에 보기 드문 분이지. 자식들에게 호강 대신 여러 가지 어려움을 겪게 하고 싶으셨던 거야. 덕택에 나는 이번 방학에 아주 소중한 경험을 할 수 있었지. 돈 주고도 살 수 없는 귀한 경험이었어."

참 생각났다. 인형 옷 만드는 집 아줌마가 텔레비전 연속극 얘길 하면서, 재벌 아들이 인생 공부 삼아 물장산가 뭔가 하는 얘기를 하던 것이 생각났다. 아무리 연속극이라지만 구역질 나는 얘기라고 생각했다. 도대체 가난을 뭘로 알고 즈네들이 희롱을 하려고 해. 부자들이 제 돈 갖고 무슨 짓을 하든 아랑곳할 바 아니지만 가난을 희롱하는 것만은 용서할 수 없지 않은가. 가난한 계집을 희롱하는 건 용서할 수 있다손 치더라도 가난 그 자체를 희롱하는 건 용서할 수 없다. 더군다나 내 가난은 그게 어떤 가난이라고. 내 가난은 나에게 있어서 소명(召命)이다.

"아버진 만족하고 계셔, 내가 그동안 그 지독한 생활을 잘 견딘걸. 그래서 친구 분한테도 자식들을 그렇게 고되게 키우는 걸 권하실 모양이야. 실상 요새 사람들, 자식을 너무 연하게 키우거든."

맙소사. 이제부터 부자들 사회에선 가난 장난이 유행할 거란다. 기름진 영감님들이 모여 앉아, 자네 자식 거기 아직 안 보냈나? 웬걸, 지금 여권 수속 중이네. 누가 그까짓 미국 말인가, 빈민굴 말일세 하고.

"그래서 아버지가 기분 좋아하시는 낌새를 타 가지고 네 얘기를 했어. 이런저런 빈민굴의 비참한 실정을 말씀드리다가 대수롭지 않게 슬쩍 내비쳤지. 글쎄 하룻밤에 연탄 반 장을 아끼자고 체온을 나누기 위한 남자를 한 이불 속에 끌어들이는 여자애가 다 있더라고 말이야. 물론 끌려 들어간 남자가 나였단 소리는 빼고. 그랬더니 아버지가 의외로 깊은 관심을 보이시고 집에 데려다 잔심부름이라도 시키다가 쓸 만하면 어디 야학이라도 보내자고 하시잖아. 좋은 기회야. 이 기회에 이런 끔찍한 생활을 청산해. 이건 끔찍할뿐더러 부끄러운 생활이야. 연탄을 아끼기 위해 남자를 끌어들이는 생활을 너도 부끄러워할 줄 알아야 돼."

암, 부끄럽고말고. 부끄럽다. 부끄럽다. 부끄럽다. 당장 이 몸이 수증기처럼 사라질 수 있으면 사라지고 싶게 부끄럽다. 부끄럽다.

"자, 돈 여기 있어. 다시 데리러 올 테니 옷가지라도 준비해. 당장이라도 데려가고 싶지만 그런 꼴로 갈 순 없잖아."

나는 돈을 받아 그의 얼굴에 내동댕이치고, 그리고 그를 내쫓았다. 여섯 방의 식구들이 맨발로 뛰어나와 구경을 할 만큼 목이 터지게 악다구니를 치고 갖은 욕설을 퍼부어 그가 혼비백산해 도망치게 만들었다.

"가엾게스리, 미쳤구나."

그는 구두짝을 주섬주섬 집어 들고 도망치면서 중얼거렸지만 아마 곧 나에 대해 잊어버리게 될 것이다. 폐병쟁이를 잊어버리듯이 쉬 잊어버릴 것이다.

나는 그를 쫓아 보내고 내가 얼마나 떳떳하고 용감하게 내 가난을 지켰나를 스스로 뽐내며 내 방으로 돌아왔다. 그런데 내 방은 좀 전까지의 내 방이 아니었다. 빗발로 얼룩얼룩 얼룩진 채 한쪽이 축 처진 반자, 군데군데 속살이 드러나 더러운 벽지, 지퍼가 고장 난 비닐 트렁크, 절뚝발이 날림 호마이카 상, 제 몸보다 더 큰 배터리와 서로 결박을 짓고 있는 낡은 트랜지스터라디오. 우그러진 양은 냄비와 양은 식기들, 이런 것들이 어제와 똑같은 자리에 있는데도 어제의 것이 아니었다. 그것들은 다만 무의미하고 추했다. 어제의 그것들은 일사불란하게 나의 가난을 구성하고 있었지만, 지금 그것들은 분해되어 추한 무용지물일 뿐이었다. 판잣집이 헐리고 나면 판잣집을 구성했던 나무 판때기, 슬레이트, 진흙덩이, 시멘트 벽돌, 문짝 들이 무의미한 쓰레기 더미가 되듯이 내 가난을 구성했던 내 살림살이들이 무의미하고 더러운 잡동사니가 되어 거기 내동댕이쳐져 있었다. 나는 그것들을 다시 수습할 수 있을 것 같지가 않았다. 내 방에는 이미 가난조차 없었다. 나는 상훈이가 가난을 훔쳐 갔다는 걸 비로소 깨달았다. 나는 분해서 이를 부드득 갈았다. 그러나 내 가난을, 내 가난의 의미를 무슨 수로 돌려받을 수 있을 것인가.

나는 우리 집안의 몰락의 과정을 통해 부자들이 얼마나 탐욕스러운가를 알고 있는 터였다. 아흔아홉 냥 가진 놈이 한 냥을 탐내는 성미를 알고 있는 터였다. 그러나 부자들이 가난을 탐내리라고는 꿈에도 못 생각해 본 일이었다. 그들의 빛나는 학력, 경력만 갖고는 성이 안 차 가난까지 훔쳐다가 그들의 다채로운 삶을 한층 다채롭게 할 에피소드로 삼고 싶어 한다는 건 미처 몰랐다.

나는 우리가 부자한테 모든 것을 빼앗겼을 때도 느껴 보지 못한 깜깜한 절망을 가난을 도둑맞고 나서 비로소 느꼈다.

나는 쓰레기 더미에 쓰레기를 더하듯 내 방 속에, 무의미한 황폐의 한가운데 몸을 던지고 뼈가 저린 추위에 온몸을 내맡겼다.

《나목, 도둑맞은 가난》(민음사, 2005)

1 '나'가 '이 방'으로 오기까지의 과정을 정리해 봅시다.

2 상훈이 정말 가난한 처지가 아닐지도 모른다는 추측을 할 만한 말과 행동을 모두 찾아봅시다.

3 상훈을 쫓아 보내고 돌아와서 보는 집이 전과 다르게 보인 까닭은 무엇일지 이야기해 봅시다.

4 '나'가 가난을 도둑맞았다고 생각하는 까닭은 무엇일지 이야기해 봅시다.

5 부자들의 가난 체험을 상훈은 '귀한 경험'이라고 했고, '나'는 '부자들이 가난뱅이 짓을 장난삼아 해 보는 것'이라며 '가난을 희롱하는 것만은 용서할 수 없지 않은가.'라고 화를 냈습니다. 부자들의 가난 체험은 상훈의 삶이나 우리 사회에 어떤 의미가 있을지 긍정적인 면과 부정적인 면을 이야기해 봅시다.

아버지 회사가 망해서 퇴직금도 못 받고 실직자가 된 뒤, 어머니의 부추김에 빚을 내서 차린 회사마저 망해서 '나'의 가족은 집과 살림살이를 잃고 산동네로 내몰렸다. '나'는 가족이 모두 나서서 힘닿는 대로 돈을 벌면 살 수 있으니 이 동네의 다른 사람들처럼 그렇게 살자고 부추겼으나 허영심 많은 어머니의 생각을 바꿀 수 없었고, 가난한 동네에서 가난한 사람들을 경멸하다가 결국 '나'를 제외한 모든 가족이 방에 연탄불을 피워 놓고 죽어 버렸다.

'나'는 어머니의 친구가 운영하는 공장에서 인형 옷 만드는 일을 하면서 일류 재봉사가 되는 꿈을 꾸고 있다. 그러던 '나'는 풀빵을 사 먹으러 갔다가 냅킨으로 싸서 조심스럽게 풀빵을 먹고 있는 상훈을 처음 만났다. 배가 고파서 허겁지겁 풀빵을 먹는 '나'를 보고 차라도 한 잔 사 줄까 하고 수작을 거는 바람에 둘이 가까워졌고, 둘은 같이 살게 되었다. 둘이 같이 살면 방세며, 연탄값이며 여러 모로 절약이 되니까 같이 살자고 '나'가 먼저 꼬드겼지만 언제든 상훈이가 좋아한다는 말을 해 주기를 '나'는 기다린다. 상훈이는 은반지를 감쪽같이 금반지로 만드는 멕기 공장에 다니는데 '나'는 언젠가 상훈이가 좋아한다는 말을 하면서 멕기한 금반지를 끼워 주는 행복한 상상을 하곤 한다.

어느 날 공장에서 돌아와 침울하게 누워 있던 상훈이 공장에서 같이 일하는 동료가 피를 토하고 쓰러져서 집에 업어다 주고 왔다는 이야기를 했다. 친구가 그 꼴이 되었는데 가만히 있는 것은 안 될 일이라며 아무도 먼저 나서는 사람이 없으면 상훈이 먼저 나서서 모금을 하라면서 '나'는 예금 통장을 상훈에게 주었다. 그런데 상훈은 통장에 든 삼만 원이 넘는 돈을 몽땅 찾아서 폐병쟁이 친구한테 갖다 주고 와서 '나'를 충격에 빠뜨렸다. 가난뱅이들의 일반적인 모습과는 너무 다른 상훈의 태도에 '나'는 불안감마저 느낀다. 그러다 갑자기 상훈이 사라져 버렸다. '나'는 상훈이 일하던 공장에 찾아가는가 하면 밤마다 상훈을 걱정하느라 잠을 못 이뤘다.
그러던 어느 날 깨끗한 모습에 좋은 옷을 입고 대학 배지까지 달고 나타난 상훈은 자신이 부잣집 도련님이라고 말했다. 아버지가 방학 동안 고생도 좀 하고 돈 귀한 것도 알고 오라면서 내보낸 거였다고 한다. 그리고 자신은 이번에 돈 주고도 살 수 없는 소중한 경험을 했다는 말도 덧붙였다. 아버지께 연탄값을 아끼기 위해 남자를 한 이불 속에 끌어들이는 '나'에 대한 얘기를 했더니 도움을 줄 생각이 있는 모양이더라는 이야기도 했다. 곧 데리러 올 테니 옷가지라도 준비하라면서 돈을 내밀었다. '나'는 돈을 상훈의 얼굴에 던지고 욕을 퍼부었다. 상훈이 떠난 뒤 '나'는 방이 너무도 초라하고 낯설게 느껴졌으며, 이것은 상훈이 자신의 가난을 훔쳐 가 버린 탓이라고 생각한다.

가난을 보는 몇 가지 시선을 생각해 볼 수 있다. 아버지의 실직과 사업 실패를 거치면서 집이며 살림살이까지 모두 잃고 가난한 산동네로 내쫓긴 처지지만 그 현실을 인정하지 않고 가난한 사람들을 경멸하는 어머니의 태도는 허영 그 자체라고 할 수 있다. 부자인 상훈의 아버지나 상훈은 가난 체험을 자신들의 인생 경험을 더 풍부하게 하는 일종의 액세서리로 여기는 느낌마저 든다. 그런 의미에서 본다면 부자이면서 가난의 경험마저 소유하고 싶어 하는 그들의 태도 역시 허영이며, 허위인 셈이다. 반면에 '나'는 가난을 정면으로 부딪치며 억척스럽게 살아가는 산동네 사람들의 발랄한 생기에 동화되어 가면서 스스로 뿌듯한 쾌감을 느낀다. 하지만 가난을 경험 삼아 해 보았다는 상훈의 실체를 알게 된 뒤, 헤어날 길 없이 초라해진 자신의 처지를 발견한다. 부자들의 허위의식이 심각하게 생각하지 않았던 가난을 또렷하게 부각시키면서 건강한 삶의 의지를 꺾어 놓은 것이다.

땡볕

김유정

우람스레 생긴 덕순이는 바른팔로 왼편 소맷자락을 끌어다 콧등의 땀방울을 훑고는 통안 네거리에 와 다리를 딱 멈추었다. 더위에 익어 얼굴이 벌거니 사방을 둘러본다. 중복 허리의 뜨거운 땡볕이라 길 가는 사람은 저편 처마 끝으로만 배앵뱅 돌고 있다. 지면은 번들번들히 달아 자동차가 지날 적마다 숨이 탁 막힐 만치 무더운 먼지를 풍겨 놓는 것이다.

덕순이는 아무리 찾아보아도 자기가 길을 물어 좋을 만치 그렇게 여유 있는 얼굴이 보이지 않음을 알자, 소맷자락으로 또 한 번 땀을 훑어 본다. 그리고 거북한 표정으로 벙벙히 섰다. 때마침 옆으로 지나는 어린 깍쟁이에게 공손히 손짓을 한다.

"얘! 대학 병원을 어디루 가니?"

"이리루 곧장 가세요!"

덕순이는 어린 깍쟁이가 턱으로 가리킨 대로 그 길을 북으로 접어들며 다시 내걷기 시작한다. 내딛는 한 발짝마다 무거운 지게는 어깨에 배기고 등줄기에서 쏟아져 내리는 진땀에 궁둥이는 쓰라릴 만치 물렀다. 속 타는 불김을 입으로 불어 가며 허덕지덕 올라오다 엄지손가락으로 코를 힝 풀어 그 옆 전봇대 허리에 쓱 문댈 때에는 그는 어지간히 가슴이 답답하였다. 당장 지게를 벗어 던지고 푸른 그늘에 가 나자빠지고 싶은 생각이 굴뚝같으련만 그걸 못하니 짜증이 안 날 수 없다. 골피를 찌푸리어 데퉁스레,

"빌어먹을 거! 왜 이리 무거!"

하고 내뱉으려 하였으나, 그러나 지게 위에서 무색하여질 아내를 생각하고 꾹 참아 버린다. 제 속으로만 끙끙거리다 겨우,

"에이 더웁다!"

하고 자탄이 나올 적에는 더는 갈 수가 없었다.

덕순이는 길가 버들 밑에다 지게를 벗어 놓고는 두 손으로 적삼 섶을 흔들어 땀을 들인다. 바람기 한 점 없는 거리는 그대로 타 붙었고, 그 위의 모래만 이글이글 달아 간다. 하늘을 쳐다보았으나 좀체로 비 맛은 못 볼 듯싶어 바상바상한 입맛을 다시고 섰을 때 별안간 댕댕 소리와 함께 발등에 물을 뿌리고 물차가 지나가니 그는 비로소 산 듯이 정신기가 반짝 난다. 적삼 호주머니에 손을 넣어 곰방대를 꺼내 물고 담배 한 대 붙이려 하였으나 훌쭉한 쌈지에는 어제부터 담배 한 알 없었던 것을 다시 깨닫고 역정스레 도로 집어넣는다.

"꽁무니가 배기지 않어?"

덕순이는 이렇게 아내를 돌아본다.

"괜찮아요!"

하고 거진 죽어 가는 상으로 글썽글썽 눈물이 고인 아내가 딱하였다. 두 달 동안이나 햇빛 못 본 얼굴은 누렇게 시들었고, 병약한 몸으로

지게 위에 앉아 까댁이는 양이 금시라도 꺼질 듯싶은 그 아내였다.

덕순이는 아내를 이윽히 노려본다.

"아 울긴 왜 우는 거야?"

하고 눈을 부라렸으나,

"병원에 가면 짼대겠지요."

"째긴 아무 거나 덮어놓고 째나? 연구한다니까."

하고 되도록 아내를 안심시킨다. 그러나 덕순이 생각에는 째든 말든 그건 차치해 놓고 우선 먹어야 산다고,

"왜 기영이 할아버지의 말씀 못 들었어?"

"병원서 월급을 주구 고쳐 준다는 게 정말인가요?"

"그럼 노인이 설마 거짓말을 헐라구. 그래 시방두 대학 병원의 이 등 박산가 뭐가 열네 살 된 조선 아이가 어른보다도 더 부대한 걸 보구 하두 이상한 병이라고 붙잡아 들여서 한 달에 십 원씩 월급을 주고, 그뿐인가 먹이구 입히구 이래 가며 지금 연구하고 있대지 않어?"

"그럼 나도 허구한 날 늘 병원에만 있게 되겠구려?"

"인제 가 봐야 알지, 어떻게 될는지."

이렇게 시원스레 받기는 받았으나 덕순이 자신 역시 기영 할아버지의 말을 꽉 믿어서 좋을지가 의문이었다. 시골서 올라온 지 얼마 안 되는 그로서는 서울 일이라 혹 알 수 없을 듯싶어 무료 진찰권을 내 온 데 더 되지 않았다. 그렇다 하더라도 병이 괴상하면 할수록 혹은 고치기가 어려우면 어려울수록 월급이 많다는 것인데 영문 모를 아내의 이 병은 얼마짜리나 되겠는가 하고 속으로 무척 궁금하였다.

아이가 십 원이라니 이건 한 십오 원쯤 주겠는가. 그렇다면 병 고치니 좋고, 먹으니 좋고, 두루두루 팔자를 고치리라고 속안으로 육조배판을 늘이고 섰을 때,

"여보십쇼! 이 채미 하나 잡숴 보십쇼."

하고 조만치서 참외를 벌여놓고 앉았는 아이가 시선을 끌어 간다. 길쭘길쭘하고 싱싱한 놈들이 과연 뜨거운 복중에 하나 벗겨 들고 으썩 깨물어 봄직한 참외였다. 덕순이는 참외를 이놈 저놈 멀거니 물색하여 보다 쌈지에 든 잔돈 사 전을 얼른 생각은 하였으나 다음 순간에 그건 안 될 말이라고 꺽진 마음으로 시선을 걷어 온다. 사 전에 일 전만 더 보태면 희연 한 봉이 되리라고 어제부터 잔뜩 꼽여 쥐고 오던 그 사 전, 이걸 참외값으로 녹여서는 사람이 아니다.

"지게를 꼭 붙들어!"

덕순이는 지게를 지고 다시 일어나며 그 십오 원을 생각했던 것이니 그로서는 너무도 벅찬 희망의 보행이었다.

덕순이는 간호부가 지도하여 주는 대로 산부인과 문 밖에서 제 차례가 돌아오기를 기다리고 있었다.

아내는 남편이 업어다 놓은 대로 걸상에 가 번듯이 늘어져서 괴로운 숨을 견디지 못한다. 요량 없이 부어오른 아랫배를 한 손으로 치마째 걷어안고는 매 호흡마다 간댕거리는 야윈 고개로 가쁜 숨을 돌리고 있는 것이다. 게다가 수술실에서 들것으로 담아 내는 환자와 피고름이 엉긴 쓰레기통을 보는 것은 그로 하여금 해쓱한 얼굴로 이를 떨도록 하기에는 너무도 충분한 풍경이었다.

"너무 그렇게 겁내지 말아. 그래두 다 죽을 사람이 병원엘 와야 살아 나가는 거야……."

덕순이는 아내를 위안하기 위하여 이런 소리도 하는 것이나, 기실 아내 못지않게 저로도 조바심이 적지 않았다. 아내의 이 병이 무슨 병일까, 짜장 기이한 병이라서 월급을 타 먹고 있게 될 것인가, 또는 아내의 병을 씻은 듯이 고쳐 줄 수가 있겠는가, 겸삼수삼 모두가 궁거웠다.

이 생각 저 생각으로 덕순이는 아내의 상체를 떠받쳐 주고 있다가 우연히도 맞은켠 타구 옆댕이에 가 떨어져 있는 궐련 꽁댕이에 한눈이 팔린다. 그는 사방을 잠깐 살펴보고 힁하게 가서 집어다가는 곰방대에 피워 물며 제 차례를 기다렸으나 좀체로 불러 주질 않는 것이다.

이렇게 하여 그들은 허무히도 두 시간을 보냈다.

한 점을 사십 분가량 지났을 때 간호부가 다시 나와 덕순이 아내의 성명을 외는 것이다.

"네! 여깄습니다!"

덕순이는 허둥지둥 아내를 들춰 업고 진찰실로 들어갔다.

간호부 둘이 달려들어 우선 옷을 벗기고 주무를 제 아내는 놀란 토끼와 같이 조그맣게 되어 떨고 있었다. 코를 찌르는 무더운 약내에 소름이 끼치기도 하려니와 한쪽에 번쩍번쩍 늘여 놓인 기계가 더욱이 마음을 조이게 하는 것이다. 아내가 너무 병신스레 떨므로 옆에 섰는 덕순이까지도 겸연쩍지 않을 수 없었다. 아내의 한 팔을 꼭 붙들어 주고, 집에서 꾸짖듯이 눈을 부릅떠,

"뭐가 무섭다구 이래?"
하고는 유리판에서 기계 부딪는 젤그럭 소리에 등줄기가 다 섬뜩할 제,

"언제부터 배가 이래요?"

간호부가 뚱뚱한 의사의 말을 통변한다.

"자세히는 몰라두……."

덕순이는 이렇게 머리를 긁고는

"아마 이토록 부르기는 지난 겨울부턴가 봐요. 처음에는 이게 애가 아닌가 했던 것이 그렇지도 않구요. 애라면 열 달에 날 텐데, 열석 달씩이나 가는 게 어딨습니까?"
하고는 아차, 애니 뭐니 하는 건 괜히 지껄였군 하였다. 그래 의사가 무어라고 또 입을 열 수 있기 전에 얼른 뒤미처,

"아무두 이 병이 무슨 병인지 모른다구 그래요. 난생처음 본다구요."
하고 몇 마디 더 얹었다.

덕순이는 자기네들의 팔자를 고칠 수 있고 없고가 이 순간에 달렸음을 또 한 번 깨닫고 열심히 의사의 입만 쳐다보고 있는 것이다마는 금테 안경 쓴 의사는 그리 쉽사리 입을 열려 하지 않았다. 몇 번을 거듭 주물러 보고, 두드려 보고, 들어 보고, 이러기를 얼마 한 다음 시답지 않게 저쪽으로 가 대야에 손을 씻어 가며 간호부를 통하여 하는 말이,

"이 배 속에 어린애가 있는데요, 나올려다 소문이 적어서 그대로

죽었어요. 이걸 그냥 둔다면 앞으로 일주일을 못 갈 것이니 불가불 수술을 해야 하겠으나 또 그 결과가 반드시 좋다고 단언할 수도 없는 것이매 배를 가르고 아이를 꺼내다 만일 사불여의하여 불행을 본다더라도 전혀 관계없다는 승낙만 있으면 내일이라도 곧 수술을 하겠어요."

하고 나 어린 간호부는 조금도 거리낌없는 어조로 줄줄 쏟아 놓다가,

"어떻게 하실 테야요?"

"글쎄요……."

덕순이는 이렇게 얼떨떨한 낯으로 다시 한 번 뒤통수를 긁지 않을 수 없었다.

간호부의 말이 무슨 소린지 다는 모른다 하더라도 속대중으로 저쯤은 알아챘던 것이니 아내의 생명이 위험하다는 그 말이 두렵기도 하려니와 겨우 아이를 뱄다는 것쯤, 연구 거리는 못 되는 병인 양 싶어 우선 낙심하고 마는 것이다. 허나 이왕 버린 노릇이매,

"그럼 먹을 것이 없는데요……."

"그건 여기서 입원시키고 먹일 것이니까 염려 마셔요……."

"그런데요 저……."

하고 덕순이는 열적은 낯을 무얼로 가릴지 몰라 주볏주볏,

"월급 같은 건 안 주나요?"

"무슨 월급이오?"

"왜 여기서 병을 고치면 월급을 주는 수도 있다지요."

"제 병 고쳐 주는데 무슨 월급을 준단 말이오?"

하고 맨망스레도 톡 쏘는 바람에 덕순이는 얼굴이 고만 벌게지고 말았다. 팔자를 고치려던 그 계획이 완전히 어그러졌음을 알자, 그의 주린 창자는 척 꺾이며 두꺼운 손으로 이마의 진땀이나 훑어 보는밖에 별도리가 없는 것이다. 허나 아내의 생명은 어차피 건져야 하겠기로 공손히 허리를 굽신하여,

"그럼 낼 데리고 올게 어떻게 해 주십시오."

하고 되도록 빌붙어 보았던 것이, 그때까지 끔찍끔찍한 소리에 얼이 빠져서 멀뚱히 누웠던 아내가 별안간 기겁을 하여 일어나 살뚱맞은 목성으로,

"나는 죽으면 죽었지 배는 안 째요."

하고 얼굴이 노랗게 되는 데는 더 할 말이 없었다. 죽이더라도 제 원대로나 죽게 하는 것이 혹은 남편 된 사람의 도릴지도 모른다. 아내의 꼴에 하도 어이가 없어,

"죽는 거보담야 수술을 하는 게 좀 낫겠지요!"

비소를 금치 못하고 섰는 간호부와 의사가 눈에 보이지 않도록, 덕순이는 시선을 외면하여 뚱싯뚱싯 아내를 업고 나왔다. 지게 위에 올려놓은 다음 엎디어 다시 지고 일어나려니 이게 웬일일까, 아까 오던 때와는 갑절이나 무거웠다.

덕순이는 얼마 전에 희망이 가득히 차 올라가던 길을 힘 풀린 걸음으로 터덜터덜 내려오고 있었다. 보지는 않아도 지게 위에서 소리를 죽여 훌쩍훌쩍 울고 있는 아내가 눈앞에 환한 것이다. 학식이 많은 의사는 일자무식인 덕순이 내외보다는 더 많이 알 것이니 생명이

한 이레를 못 가리라던 그 말을 어째 볼 도리가 없다. 인제 남은 것은 우중충한 그 냉골에 갖다 다시 눕혀 놓고 죽을 때나 기다리고 있을 따름이었다.

덕순이는 눈 위로 덮는 땀방울을 주먹으로 훔쳐 가며 장차 캄캄하여 올 그 전도를 생각해 본다. 서울을 장대고 왔던 것이 벌이도 제대로 안 되고 게다가 인젠 아내까지 잃는 것이다. 지에미붙을! 이놈의 팔자가, 하고 딱한 탄식이 목을 넘어오다 꽉 깨무는 바람에 한숨으로 터져 버린다.

한나절이 되자 더위는 더한층 무서워진다.

덕순이는 통째 짓무를 듯싶은 등어리를 견디지 못하여 먼젓번에 쉬어 가던 나무 그늘에 지게를 벗어 놓는다. 땀을 들여 가며 아내를 가만히 내려다보니 그동안 고생만 시키고 변변히 먹이지도 못하였던 것이 갑자기 후회가 나는 것이다. 이럴 줄 알았더면 동넷집 닭이라도 훔쳐다 먹였을 걸 싶어,

"울지 말아, 그것들이 뭘 아나 제까짓 게!"

하고 소리를 빽 지르고는,

"채미 하나 먹어 볼 테야?"

"채민 싫어요."

아내는 더위에 속이 탔음인지 한길 건너 저쪽 그늘에서 팔고 있는 얼음냉수를 손으로 가리킨다. 남편이 한 푼 더 보태어 담배를 사려던 그 돈으로 얼음냉수를 한 그릇 사다가 입에 먹여까지 주니 아내도 황송하여 한숨에 들이켠다. 한 그릇을 다 먹고 나서 하나 더 사다 주

랴 물었을 때 이번에 왜떡이 먹고 싶다 하였다. 덕순이는 이것이 마지막이라는 생각으로 나머지 돈으로 왜떡 세 개를 사다 주고는 그대로 눈물도 씻을 줄 모르고 그걸 오직오직 깨물고 있는 아내를 이윽히 바라보고 있었다. 그러나 아내가 무슨 생각을 하였는지 왜떡을 입에 문 채 훌쩍훌쩍 울며,

"저 사촌 형님께 쌀 두 되 꿔다 먹은 거 부대 잊지 말구 갚우."

하고 부탁할 제 이것이 필연 아내의 유언이라 깨닫고는,

"그래 그건 염려 말아!"

"그리구 임자 옷은 영근 어머니더러 사정 얘길 하구 좀 빨아 달래우."

하고 이야기를 곧잘 하다가 다시 입을 일그리고 훌쩍훌쩍 우는 것이다.

덕순이는 그 유언이 너무 처량하여 눈에 눈물이 핑 돌아 가지고는 지게를 도로 지고 일어선다. 얼른 갖다 눕히고 죽이라도 한 그릇 더 얻어다 먹이는 것이 남편의 도릴 게다.

때는 중복 허리의 쇠뿔도 녹이려는 뜨거운 땡볕이었다.

덕순이는 빗발같이 내려붓는 얼굴의 땀을 두 손으로 번갈아 훔쳐 가며 끙끙 내려올 제, 아내는 지게 위에서 그칠 줄 모르는 그 수많은 유언을 차근차근 남기자, 울자, 하는 것이다.

《여성》 1937년 2월호

간댕거리다 느슨하게 달려 있는 작은 물체가 조금 위태롭게 자꾸 흔들리다.

겸삼수삼 겸사겸사.

골피 머리뼈에 붙은 가죽. 여기서는 '얼굴', '인상'의 뜻이다.

궁겁다 궁금하다. 무엇이 알고 싶어 마음이 몹시 답답하고 안타깝다.

까댁이다 까닥이다. 고개 따위를 아래위로 가볍게 움직이다.

꺽지다 성격이 억세고 꿋꿋하며 용감하다.

데퉁스럽다 말과 행동이 거칠고 미련한 데가 있다.

맨망스럽다 보기에 방정맞고 경솔하게 까부는 데가 있다.

바상바상하다 물기가 없어 보송보송하다.

부대하다 몸뚱이가 뚱뚱하고 크다.

불가불 하지 아니할 수 없어.

불김 불의 뜨거운 기운.

비소 남을 비방하거나 비난하여 웃는 것이나 그런 미소.

사불여의 일이 뜻대로 되지 아니함.

살뚱맞다 당돌하고 생뚱맞다.

소문 여자의 음부를 완곡하게 이르는 말.

왜떡 밀가루나 쌀가루를 반죽하여 얇게 늘여서 구운 과자.

육조 배판 육조(이조, 호조, 예조, 형조, 병조, 공조)를 벌려서 차림. 흔히 '다방면에 걸친 이러저러한 지식이나 생각' 정도의 뜻으로 쓰인다.

이윽히 은근하게.

장대다 마음속으로 기대하며 잔뜩 벼르다.

전도 장래. 앞으로 나아갈 길.

짜장 과연 정말로.

채미 참외.

타구 가래나 침을 뱉는 그릇.

희연 당시 판매되던 담배 이름.

1 아내를 지고 병원으로 가는 덕순이가 기대하는 바는 무엇인지 말해 봅시다.

2 같은 길을 걸어도 진료 이전과 이후 덕순이의 생각과 행동은 크게 다릅니다. 그 변화를 모두 찾아봅시다.

3 '땡볕'의 의미를 생각해 보고 제목으로 삼은 이유를 짐작해 봅시다.

4 마지막 장면에서 덕순과 아내가 주고받는 말과 행동은 어떻게 느껴지는지 여러분의 느낌을 말해 봅시다.

여름 중에도 가장 더운 삼복. 그 삼복의 절정인 중복 무렵의 한낮이다. 숨이 막힐 듯한 더위에 얼굴이 벌겋게 익은 덕순은 무거운 지게를 지고 걷는 중이다. 지게 위에는 얼굴이 누렇게 뜬 병든 아내가 금세라도 숨이 넘어갈 듯 앉아 있다.

덕순은 시골에 살다가 돈벌이를 좀 할 수 있을까 싶어서 서울로 올라온 지 얼마 되지 않은 탓에 아직 서울 물정을 잘 모른다. 지난겨울 갑자기 아내의 배가 불렀는데 처음에는 아기를 가진 것이 아닌가 싶었으나 열석 달이 되도록 아기는 나오지 않고 계속 배는 부르니 까닭을 알 수 없었다. 그러던 차에 이웃의 기영이 할아버지한테서 이상한 병은 병원에서 월급을 주면서 고쳐 준다는 얘기를 들었다. 어떤 아이는 대학 병원에서 매달 10원을 주면서 연구 대상으로 삼고 있는데 병이 괴상하고 고치기 어려울수록 돈을 많이 준다고 했다. 그래서 덕순은 아내의 병도 고치고 돈도 벌 수 있을 거라는 희망을 가지고 병원을 찾아가는 것이다.

그러나 병원에 도착했을 때 의사는 아기가 배 속에서 죽었으니 수술을 해서 꺼내야 하는데 수술을 하면 아내가 위험할 수도 있다는 진단을 했다. 아이를 밴 정도라면 연구 거리가 못 되리라는 생각을 하면서도 혹시 하는 생각이 들어서 월급 같은 건 안 주느냐고 주뼛주뼛 물었다. 그러나 제 병 고쳐 주는데 무슨 월급을 주느냐고 톡 쏘는 바람에 얼굴이 벌게지고 말았다. 내일 다시 데리고 오겠다는 인사를 하는데 아내는 죽어도 배는 째기 싫다고 한다. 다시 아내를 지고 돌아오려니 모든 희망이 사라진 탓에 힘이 풀리고 지게는 갈 때보다 갑절이나 무거웠다. 잠시 나무 그늘에서 쉬는 동안 아내를 내려다

보던 덕순은 아내에게 변변히 먹이지도 못하고 고생만 시킨 것이 미안해서 남은 돈을 털어 얼음냉수와 왜떡을 사 준다. 아내는 왜떡을 입에 문 채 훌쩍거리면서 사촌 형님께 쌀 두 되 꿔다 먹은 걸 꼭 갚으라 하고, 빨래는 영근 어머니에게 부탁하라는 둥 유언 같은 것을 한다.

덕순 부부는 자기 농토는 물론 소작할 땅도 제대로 얻을 수 없어 도시 변두리로 이주해 살아야 했던 당시 하층민들의 삶을 보여 주는 인물들이다. 무지와 가난이 그들의 삶을 지배하고 있다. 이상한 병은 병원에서 월급을 주면서 고쳐 주는데 고치기 힘든 병일수록 월급이 많다고 하니 아내의 영문 모를 병 덕분에 팔자를 고칠 수 있을지도 모른다는 생각을 하면서 서울로 간다. 배속에서 아이가 죽은 것인데 산모도 위험하다는 얘기를 듣고, 돈이 될 만큼 괴상한 병은 아니라는 생각을 하면서도 월급은 안 주느냐고 물어봤다가 무안만 당한다. 무지에서 비롯된 순박한 모습이 해학적이면서 눈물겹다. 아내를 고생만 시킨 것이 미안해서 남은 돈을 털어 먹을 걸 사 주는 덕순이나, 이제 살날이 얼마 남지 않은 걸 생각하면서 꿔다 먹은 쌀을 갚으라고 하면서 남편의 빨래 걱정을 하는 아내나 모두 정직하고 순수한 인간이다. 정직하고 순수하지만 그들은 가난에서 헤어날 길이 없다. 한여름 땡볕처럼 견디기 힘든 현실이다.

슬픔

안톤 체호프
김수환 옮김

저녁 무렵 땅거미. 축축한 함박눈이 방금 켜진 가로등 주변을 게으르게 맴돌다가 지붕 위로, 말 잔등 위로, 어깨 위로, 그리고 모자 위로 가볍고 부드러운 층이 되어 내려앉는다. 마부 이오나 포타포프는 유령처럼 온통 하얗다. 그는 살아 있는 육체가 할 수 있는 한 최대로 몸을 수그린 채 마부석에 꼼짝 않고 앉아 있다. 그에게 눈사태가 덮친대도 눈을 털어 낼 필요를 느끼지 못할 것만 같다. 그의 말 역시 눈으로 하얗게 뒤덮인 채 꼼짝 않고 서 있다. 움직이지 않는 모습과 구부정한 형태, 그리고 막대기마냥 뻿뻿한 다리 탓에 말은 가까이서 보아도 1푼짜리 말 모양 당밀 과자를 닮았다. 말은 아무리 봐도 생각에 잠겨 있는 것 같다. 쟁기에서, 익숙한 잿빛 풍경에서 풀려나와 괴물 같은 불빛과 끝없는 소음, 이리저리 오가는 사람들로 가득 찬 이곳에 내던져졌으니 어찌 생각을 하지 않을 수 있으랴.

이오나와 그의 말은 한곳에 움직이지 않고 서 있은 지가 이미 오래됐다. 점심 전에 이미 숙소에서 나왔는데, 아직도 첫 손님을 받지 못했다. 한데 시내에는 이미 어둠이 깔리기 시작했다. 희미한 가로등 불빛이 선명한 빛깔로 변해 가고 거리의 소음은 점점 더 심해진다.

"마부, 브이보르스카야 거리로 갑시다!"

이오나가 외침 소리를 듣는다.

"마부!"

이오나는 몸을 부르르 떨고 눈 쌓인 속눈썹 너머로 두건이 달린 외투를 입은 군인을 본다.

"브이보르스카야로 가자구!"

군인이 다시 말한다.

"뭐야, 자고 있는 건가? 브이보르스카야로 가자니까!"

알겠다는 뜻으로 이오나가 고삐를 당기자, 쌓인 눈 더미가 어깨와 말 잔등에서 우르르 떨어진다. 군인이 썰매에 앉는다. 마부는 쯧쯧 혀를 차고는 백조처럼 목을 길게 빼며 몸을 일으킨다. 꼭 그래야 해서라기보단 그저 습관적으로 채찍을 휘두른다. 말 역시 목을 길게 빼더니 막대기 같은 다리를 구부리고 마지못해 움직이기 시작한다.

"어디로 가는 거야, 이 도적놈아!"

처음에 이오나는 앞뒤로 움직이는 컴컴한 군중에게서 이런 소리를 듣는다.

"어디로 가냐구? 오른쪽으로 몰란 말이다!"

"자네, 몰 줄을 모르는군! 오른쪽으로 몰라구!"

군인이 화를 낸다.

사륜마차의 마부가 욕을 해 대고, 길을 건너려다 말 콧잔등에 부딪힌 행인이 소매의 눈을 털어 내며 험상궂게 노려본다. 이오나는 마치 바늘방석에 앉은 듯 마부석에 앉아 허둥지둥 팔꿈치를 내두르는

가 하면, 자기가 뭣 때문에 어디에 와 있는지도 모르는 것처럼 눈을 두리번거린다.

"저런 더러운 놈들 같으니라고!"

군인이 쏘아붙인다.

"네 놈과 부딪히든지 아니면 말 아래 깔릴 심산이야. 다들 짜고서 저러는 게지."

이오나는 손님을 쳐다보며 입술을 오물거린다. 아마도 뭔가 말하고 싶어 하는 것 같은데 목구멍에선 쉰 소리밖에 나오질 않는다.

"뭐라고?"

군인이 묻는다.

이오나는 미소 지으며 입을 일그러트리고 목을 긴장시켜 쉰 소리를 내뱉어 본다.

"나리 제 아들이 말입니다, 이번 주에 죽었답니다."

"흠! 어쩌다가 죽었는데?"

이오나는 손님 쪽을 향해 최대한 몸을 뒤틀며 말을 한다.

"누가 알겠어요! 아마 열병 때문이겠지요. 3일을 병원에 누워 있더니 결국 죽었어요. 신의 뜻이겠지요."

"차 돌리라고, 이 악마야!"

어둠 속에서 소리가 들린다.

"뭘 꾸물거리는 게냐, 이 늙은 개자식아? 눈은 어디다가 두고 다니는 게냐!"

"달려, 달리란 말이다."

승객이 말한다.

"이래가지곤 내일까지도 못 가겠네. 속력을 내 보라고!"

마부는 또다시 목을 길게 빼면서 몸을 일으켜 무겁고 우아하게 채찍을 휘두른다. 이후에도 몇 번이나 승객을 돌아다보지만, 그는 눈을 감고 있다. 이야기를 들어 줄 기색이 아니다. 승객을 브이보르스카야 거리에 내려 주고 나자, 마부는 선술집 앞에 마차를 세우고 마부석에 앉아 또다시 꼼짝도 하지 않는다. 축축한 눈이 또다시 그와 말을 하얗게 뒤덮는다. 그리고 한 시간, 또 한 시간이 흐른다.

요란스러운 덧신 소리와 함께 세 명의 젊은이가 욕을 해 대면서 인도를 걷고 있다. 둘은 키가 크고 말랐고, 한 명은 키가 작고 등이 굽었다.

"마부, 폴리체이스키 다리로!"

꼽추가 째지는 듯한 소리로 외친다.

"세 사람에 20코페이카면 되겠지!"

이오나는 고삐를 당기고 쯧쯧 혀를 찬다. 20코페이카는 말도 안 되는 가격이지만, 그는 상관하지 않는다. 루블이든 코페이카든 지금 그에게는 아무래도 상관이 없다. 승객이 있기만 하다면……. 젊은이들은 서로 밀쳐 대고 욕을 하면서 썰매로 다가와 셋이 한꺼번에 좌석으로 기어오른다. 둘은 앉고 한 명은 서서 가야 하는데, 이를 두고 논쟁이 벌어진다. 서로 욕하고 따지며 옥신각신한 끝에 제일 작은 꼽추가 서서 가야 한다는 결론에 이른다.

"자, 달리자구!"

꼽추가 자리를 잡고 이오나의 뒤통수에 입김을 불어 대며 째지는 소리를 낸다.

"갈기라고! 아니 자네 그 모자가 뭔가. 페테르부르크에서 그보다 더 후진 모자는 못 찾겠군그래."

"흐흐, 흐흐."

이오나가 웃는다.

"그렇지요."

"그렇기는 뭐가 그렇다는 거야. 달리라구! 계속 그딴 식으로 달릴 참이야, 엉? 목덜미를 갈겨 줄까?"

"머리가 깨질 것 같군."

키다리 중 한 명이 말한다.

"어제 두크마소프네서 나하고 바시카 둘이서 코냑 네 병을 마셨다니까."

"이해를 못하겠군. 왜 거짓말을 하는 거야!"

또 다른 키다리가 화를 낸다.

"돼지 같은 놈이 뻥을 치기는."

"거짓말이면 내 천벌을 받지, 진짜라구."

"그게 사실이면 우리 집 벼룩이 기침을 하겠다."

"흐흐!"

이오나가 히죽거린다.

"재미있는 분들이셔!"

"젠장, 망할 놈 같으니라고!"

꼽추가 화를 낸다.

"이 영감탱이야. 도대체 가기는 가는 거야? 정말 그렇게 몰 거야? 채찍으로 갈겨 보란 말이야! 이 마귀 같은 녀석아, 좀 잘해 보란 말이다!"

이오나는 자기 등 뒤로 꼽추의 몸놀림과 떨리는 목소리를 느낀다. 자기를 향한 욕설을 듣고 사람들을 쳐다보면서, 이오나는 자신의 고독감이 조금씩 가슴에서 사라져 가는 걸 느낀다. 꼽추는 목이 잠겨 기침이 나올 때까지 갖가지 욕설을 끝없이 퍼붓고 있다. 키가 큰 사내들이 나데쥬다 페트로브나라는 여자에 대해 말하기 시작한다. 이오나가 그들을 바라본다. 잠시 대화가 끊어지길 기다렸다가 다시 한 번 돌아보고는 더듬거리며 그가 말한다.

"이번 주에 말이죠……, 제 아들이 죽었답니다!"

"사람은 다 죽게 돼 있어."

꼽추는 기침으로 더러워진 입술을 훔치며 숨을 내쉰다.

"이봐, 어서 달리자구 어서! 이보게들, 난 이렇게는 진짜 더 못 간다네. 대체 우릴 언제 데려다 줄까?"

"네가 뒤통수에 한방 먹여 주지그래!"

"염병할 영감탱이야. 들었지? 정말 머리통을 갈려 버리겠어! 영구차도 아니고, 이건 뭐 걷는 거나 진배없잖아. 듣고 있나, 이 느림보 영감아! 아니면 우리가 하는 말이 말 같지 않은 거야?"

이오나는 뒤통수에 아픔을 느끼기보단 그 소리를 더 듣는다.

"흐흐……."

그는 웃는다.

"재미있는 분들이네. 건강들 하시길!"

"마부, 결혼했나?"

키다리가 묻는다.

"저요? 흐흐, 재미있는 분들이야! 지금 나한테 아내는 한 명뿐입죠. 이 축축한 땅 말입니다. 히히히. 그러니까 무덤 말입죠! 아들은 죽었는데 나는 살아 있고……. 이상한 일이에요. 죽음이 문을 잘못 찾았답니다. 나한테 와야 할 것이 그만 아들한테 갔지 뭡니까."

그러고 나서 이오나는 자기 아들이 어떻게 죽었는지 이야기하려 몸을 돌렸다. 그런데 그때 꼽추가 가볍게 한숨을 쉬더니, 다행히 마침내 목적지에 도착했다고 선언했다. 돈을 받고 나서 이오나는 컴컴한 현관 입구로 사라져 가는 주정뱅이들의 뒷모습을 한참 동안 쳐다본다.

또다시 그는 외롭다. 다시 그에게 정적이 찾아온다. 잠깐 동안 잦아들었던 슬픔이 다시 찾아와 더 큰 힘으로 그의 가슴을 찢어 놓는다. 거리 양편을 오가는 군중들을 따라 이오나의 눈길이 불안하고 고통스럽게 움직인다. 이 수천 명의 사람 중에서 그의 이야기를 들어줄 사람이 단 한 명도 없단 말인가? 하지만 군중들은 그도, 그의 슬픔도 알아채지 못한 채 바삐 걸어갈 뿐이다.

그의 슬픔은 끝을 모를 만큼 거대하다. 만일 이오나가 가슴을 갈라 그 안의 슬픔을 흘려보낸다면 아마도 온 세상에 흘러넘치리라. 하지만 그 슬픔은 보이질 않는다. 보잘것없는 껍데기 속에 들어 있는 그 슬픔은 아마 대낮의 등불 아래서도 보이지 않으리라.

이오나는 가마니를 든 마당지기를 보자 그에게 말을 걸어 보기로 한다.

"이보게, 지금 몇 시쯤 되었나?"

그가 묻는다.

"아홉 시라네. 근데 뭣 때문에 여기에 서 있는 거야? 저리 꺼지라구!"

이오나는 마차를 몇 걸음 움직이고는 몸을 수그린 채 슬픔에 잠긴다. 사람들에게 말을 거는 게 더 이상 소용없음을 깨닫는다. 하지만 채 5분도 지나지 않아 그는 예리한 통증을 느끼는 듯 몸을 곧게 펴고 머리를 흔들더니 고삐를 움켜쥔다. 더 이상 견딜 수가 없다.

'숙소로 돌아가자.'

그는 생각한다.

'숙소로 가는 거야!'

그의 생각을 이해하기라도 한 듯 말이 빠르게 달리기 시작한다. 한 시간 반이 지나자 이미 이오나는 커다랗고 지저분한 페치카 옆에 앉아 있다. 페치카, 마룻바닥, 그리고 평상 위에서 사람들이 코를 골며 자고 있다. 공기는 숨이 막힐 것처럼 답답하다. 이오나는 자고 있는 사람들을 둘러보고, 몸을 긁으며 너무 일찍 온 걸 후회한다.

'귀리 값도 못 벌었네.'

그는 생각한다.

'그래서 이렇게 우울한 거야. 자기 일을 잘하는 사람은 자기도 배

부르고, 말도 배가 불러서 언제나 마음이 편안한 법인데……'

구석 한쪽에서 젊은 마부가 일어나더니, 졸린 듯 웅얼거리며 물통 쪽으로 몸을 뻗는다.

"물 마시고 싶어?"

이오나가 묻는다.

"목이 말라서요."

"그래. 어서 마시게나. 그런데 이보게, 우리 아들이 죽었다네. 듣고 있나? 이번 주에 병원에서 죽었지. 그런 말도 안 되는 일이!"

이오나는 자기 말이 그에게 어떤 영향을 줬는지 보려 했지만 아무것도 볼 수 없었다. 젊은이는 이불을 머리까지 뒤집어쓰고 벌써 곯아떨어졌다. 늙은이는 한숨을 쉬고 몸을 긁적인다. 젊은이가 물을 마시고 싶어 했던 것만큼이나 그는 말을 하고 싶다. 이제 곧 일주일이 될 텐데 그는 아직 그 누구와도 제대로 말을 해 보지 못했다.

이왕 말을 할 거면 제대로 자초지종을 말해야 한다. 아들이 왜 병에 걸렸으며, 얼마나 고통스러워 했는지, 죽기 전에 무슨 말을 했으며, 어떻게 죽었는지 말을 해야 한다. 장례식은 어땠는지, 죽은 아들 옷을 찾으러 병원에 다녀온 일은 어땠는지를. 시골에는 딸 아니시야가 남아 있다. 그 아이에 대해서도 말을 해야 한다. 그렇다, 그가 지금 말해야 할 것이 어디 한두 가지겠는가? 듣는 사람은 탄식도 하고, 한숨도 쉬고, 맞장구도 치고 해야 한다. 여자들과 이야기하는 편이 더 좋겠다. 여자들이란 좀 어리석긴 하지만 두 마디만 듣고도 이내 울음을 터트리기 마련이니까.

'말을 보러 가야겠어.'

이오나는 생각했다.

'잠이야 언제든 자면 되니까. 나중엔 실컷 자게 될 텐데 뭘.'

그는 옷을 걸치고 자기 말이 있는 마구간으로 간다. 그는 귀리와 건초와 날씨에 관해 생각한다. 혼자 있을 때는 아들 생각을 할 수가 없다. 누군가와 말을 나눌 때는 아들 생각을 할 수 있지만, 혼자서 아들을 생각하고 그의 모습을 떠올리는 건 도저히 견딜 수가 없다.

"먹고 있니?"

이오나가 말의 반짝이는 눈을 보며 묻는다.

"그래, 먹어라, 먹어. 귀리 값은 못 벌었지만 건초라면 먹일 수 있을 거야. 그래, 나는 마차 몰기엔 이미 너무 늙었지. 내가 아니라 아들이 몰았어야 하는 건데……. 녀석은 진짜 마부였는데 말이야. 살아 있기만 하다면……."

이오나는 잠시 침묵했다가 말을 잇는다.

"그래 이 친구야. 쿠지마 이오느이치는 이제 없단다. 하느님이 데려가 버리셨지. 허망하게 죽어 버린 거야. 만일 지금 너한테 새끼 말이 있다고 치자. 그리고 너는 걔 엄마인 거야. 그런데 갑자기 이 새끼 말을 하느님이 데려가 버렸다고 해 봐. 정말 슬프지 않겠니?"

말은 건초를 씹으며 이야기를 듣는다. 그러곤 주인의 손에 입김을 분다.

이오나는 열중해서 말에게 모든 걸 이야기한다.

귀리 볏과의 한해 또는 두해살이풀. 높이는 60~90센티미터이며, 잎은 가늘고 길다. 봄에 두세 개의 꽃이 이삭처럼 핀다. 열매는 식용하거나 가축의 먹이로 쓴다.

루블, 코페이카 러시아의 화폐 단위. 1루블은 100코페이카이다. 루블은 '자르다'라는 뜻의 러시아어에 어원을 두고 있다. 역사상에서 루블은 일정한 무게로 잘라 낸 은괴 조각이었기 때문에 이러한 이름이 붙게 되었다. 코페이카는 러시아어로 '창'을 뜻하는 말에서 유래했다. 첫 코페이카 동전은 1478년에 만들어졌는데, 이 동전에는 성 게오르기우스가 창으로 용을 무찌르는 모습을 담은 모스크바의 문장이 새겨져 있다.

마당지기 마당을 지키는 사람.

사륜마차 말이 끄는, 바퀴가 넷 달린 마차.

심산 속셈. 마음속으로 하는 궁리는 계획.

열병 열이 몹시 오르고 심하게 앓는 병. 일반적으로 '장티푸스'를 이르는 말.

진배없다 그보다 못하거나 다를 것이 없다.

코냑 포도주를 증류하여 정제한 술로 알코올 농도가 40퍼센트 이상인 고급술이다.

페치카 극한(極寒) 지방에서 쓰는 난방 장치. 돌, 벽돌, 진흙 따위로 만든 난로를 벽에 붙여서 가열하여 방 안을 따뜻하게 한다.

1 고함을 지르는 거리의 마부들, 심술궂게 노려보는 행인들, 난폭한 손님들과 대비되는 주인공의 모습을 그려 봅시다.

2 이오나는 왜 자신이 알지도 못하는 사람들에게까지 아들의 죽음에 대해 말하려고 애를 쓸까요? 그의 마음을 짐작해 봅시다.

3 왜 주인공은 사람이 아닌 말에게 이야기를 하는 것일까요? 주인공의 심정을 추리하여 말해 봅시다.

4 이 소설은 '어스름한 저녁', '안개', '눈' 등을 배경으로 삼고 있습니다. 작가가 왜 이런 배경을 설정했을지 생각해 봅시다.

5 남들은 별로 신경 쓰거나 귀 기울이지 않았지만 자신에게는 큰 슬픔이었던 것이 있었는지 생각해 보고, 있다면 그때의 기억을 떠올려 자세히 말해 봅시다.

늙은 마부 이오나 포타포프의 아들이 어느 날 열병에 걸리더니 사흘 만에 죽어 버렸다. 이오나는 슬픔에 빠져 모든 의욕을 상실해 버리고 말았다.

이오나는 점심때가 되기 전에 숙소에서 나왔으나 어둠이 깔릴 때까지 첫 손님도 받지 못하고 한곳에서 마부석에 앉아 꼼짝 않고 서 있었다. 군인 하나가 다가와 이오나를 불렀지만 대답이 없다. 군인이 몇 번을 다시 소리치자 그제야 이오나는 고삐를 당긴다. 군인을 태우고 마차가 출발했으나 이오나는 정신이 딴 데 가 있는 듯 갈팡질팡하면서 거리를 다니는 사람들에게 욕을 먹는다. 이오나는 무슨 말인가를 하고 싶은 듯 입술을 오물거리다가 마침내 아들이 이번 주에 죽었다고 군인에게 말한다. 하지만 군인은 건성으로 대답하면서 속력을 더 내라고 한다. 채찍을 휘두르면서 군인에게 더 말을 하고 싶어 뒤를 돌아보지만 군인은 눈을 감고 있었다.

이오나는 군인을 내려 주고 선술집 앞에서 또 한참을 기다렸다. 이번에는 꼽추를 비롯한 세 명의 주정꾼이 다가와서 터무니없이 적은 요금을 제시했지만 이오나는 돈에 전혀 관심이 없었다. 그들은 마차 안에서 끊임없이 떠들어댔다. 이오나는 그들의 대화가 끊어지길 기다렸다가 이번 주에 아들이 죽었다는 얘기를 했다. 그러나 꼽추는 사람은 죽게 마련이라며 빨리 달리라고 재촉한다.

꼽추 일행을 내려 주고 나자 다시 정적과 함께 잠시 잦아들었던 슬픔이 더 크게 밀려왔다. 그의 가슴속에는 온 세상에 흘러넘칠 만큼 슬픔이 가득하지만 거리를 오가는 수천 명의 군중들 중 이오나의 이야기를 들어 줄 사람은 하나도 없었다.

숙소로 돌아오니 사람들은 모두 잠들어 있었다. 상념에 잠겨 있는데 목이 마른 듯 젊은 마부 하나가 일어나 물통 쪽으로 몸을 뻗는다. 이오나는 그 마부에게 자기 아들이 이번 주에 병원에서 죽었다는 말을 꺼냈다. 그러나 젊은 마부는 이미 이불을 뒤집어쓰고 곯아떨어진 뒤였다. 이오나는 한숨을 내쉬었다. 아들이 죽은 지 일주일이 되었지만 누구와도 제대로 말을 해 보지 못했다. 이오나는 하고 싶은 말이 너무나 많은데, 들으면서 탄식하고 맞장구쳐 줄 사람은 아무도 없었다.

이오나는 옷을 걸치고 마구간으로 갔다. 그리고 말에게 아들이 죽어 버렸다는 이야기를 했다. '너한테 새끼 말이 있다 치고 그 새끼 말이 죽어 버렸다면 얼마나 슬프겠느냐'는 말로 시작해서 이오나는 말에게 모든 걸 말했다. 말은 건초를 씹으며 이야기를 듣는다.

갑자기 아들이 죽은 뒤 모든 의욕을 상실한 마부 이오나는 자신의 슬픔을 함께 나눌 사람이 간절하게 필요하다. 마차를 끌고 손님을 태우지만 돈벌이에는 관심이 없다. 손님이 자기 얘기를 들어 주기를 바랄 뿐이다. 하지만 그의 말에 귀 기울여 주는 손님은 아무도 없었다. 길거리에는 수천 명의 사람들이 오가고 있지만 그들도 마찬가지였고, 숙소에서도 그의 이야기를 들어 줄 사람은 없었다. 결국 이오나는 말에게 자기 이야기를 모두 털어놓는다.

사람들은 자신과 관계없는 타인에게 무관심하다. 자기 상황과 처지에 몰두할 뿐 다른 사람이 어떤 상태에 있는지 관심이 없거나 지극히 피상적이고 형식적인 관심을 가질 뿐인 것이다. 동물에게 자신의 이야기를 들려준다는 것은 자기 이야기를 들어 줄 사람은 없다는 반증일 것이다. 이오나가 아들을 잃은 슬픔보다 그 슬픔을 나눌 사람이 없는 단절과 소외의 상황이 더 비정해 보인다.

고향

루쉰
한상덕 옮김

나는 모진 추위를 무릅쓰고,
2천여 리나 떨어진 먼 곳에서 20년이 넘도록 떠나 있었던
고향으로 돌아왔다.

때는 매서운 겨울, 점점 고향은 가까워지고 있는데 날씨는 다시 흐려지고, 찬바람이 선창으로 달려들며 윙윙거리는 소리를 냈다. 배 덮개 틈으로 밖을 내다보니, 푸르무레한 하늘 아래엔 여기저기 쓸쓸하고 황폐한 인가 몇몇이 생기를 잃고 가로놓여 있었다. 나는 가슴속에서 울컥 솟아오르는 슬픔을 참을 길이 없었다.

'아! 이게 내가 20년 동안이나 그리던 고향인가?'

내 기억 속의 고향은 전혀 이렇지 않았다. 훨씬 더 좋은 모습이었다. 그러나 그 아름다움을 생각하며 고향의 좋은 점을 말로 해 보려 하면 그 모습은 사라져 버리고 할 말 역시 없어져 버린다. 어쩌면 고향의 진짜 모습은 이랬을지도 모르겠다. 나는 스스로 이렇게 변명해 본다. – 내 고향은 원래부터 이랬었다고. 발전도 없었고, 또 지금 내가 쓸쓸함을 느낄 필요도 없는 곳이었다고, 이건 다만 내 생각이 변했을 뿐이라고. 왜냐하면 이번에 내가 고향으로 돌아오게 된 것은 근본적으로 기쁜 마음으로 온 것이 아니기 때문이다.

나는 이번에 고향과 이별하기 위해 왔다. 우리 가족이 수년간 모여 살던 낡은 집은 이미 다른 사람에게 공동 명의로 팔려 버렸다. 집을 넘겨줄 기한도 올해까지이기 때문에 반드시 정월 초하루 전까지는 정든 옛집과 이별을 해야 했다. 또 정든 고향을 멀리 떠나 내가 살아갈 타향으로 이사를 가야만 했다.

이튿날 아침 나는 일찌감치 우리 집 대문 앞에 이르렀다. 기와 위의 무성한 잡초들은 허리가 꺾인 채 바람에 떨고 있었다. 이것은 곧 이 고택의 주인이 바뀔 수밖에 없는 이유를 말해 주고 있었다. 몇몇 친척들도 벌써 이사를 가 버렸는지 아주 조용하기만 했다. 내가 우리 집 바깥마당에 이르렀을 때 어머니는 벌써 마중을 나와 계셨고, 조금 지나자 여덟 살짜리 조카 홍얼(宏兒)도 달려 나왔다.

어머니는 무척 기뻐하셨지만, 역시 슬픈 기색을 감추고 계셨다. 나더러 앉아 쉬면서 차를 마시라 했지만 이사에 대한 이야기는 하지 않으셨다. 홍얼은 나를 본 적이 없어서 그런지 멀리 떨어진 곳에 서서 나를 바라만 보고 있었다.

그러나 우리는 마침내 이사 이야기를 끄집어냈다. 나는 타지에다 이미 셋방 계약을 해 놓았고 또 가구도 얼마간 사 두었으니, 집에 있는 모든 목제 가구들은 팔아 버리고 새것으로 조금 더 보충을 해야 할 것이라고 말씀드렸다.

어머니 역시 좋다 하셨고, 짐도 대충 정리가 되었다. 목제 가구들 중에서도 운반하기 불편한 것은 절반쯤 팔아 버렸다. 단지 돈만 못 받고 있었다.

"너, 한 이틀 쉬면서 친척들 한번 찾아뵙고, 그러고 나서 바로 떠나자꾸나."

"예."

어머니는 또 이렇게 말씀하셨다.

"그리고 룬투(閏土) 말이다. 매번 우리 집에 올 때마다 늘 네 안부를 묻곤 했는데 꼭 한 번 널 만나 보고 싶은가 보더라. 네가 집에 도착할 날짜를 내가 이미 알려 줬으니, 아마 곧 찾아올 게다."

이때 내 머릿속엔 불현듯 야릇한 그림 한 폭이 떠올랐다. 짙푸른 하늘엔 황금빛 보름달이 걸려 있고, 그 아래 바닷가 모래밭엔 온통 파란 수박이 끝없이 심어져 있는데, 그 사이에 서 있던 열한두 살의 소년. 목엔 은목걸이를 하고 손엔 쇠작살을 들고 있다가 사력을 다해 사(猹, 오소리의 일종)를 찌르면, 사는 몸을 비틀면서 룬투의 가랑이 사이로 도망을 치던 그 모습.

이 소년이 바로 룬투였다. 내가 룬투와 알게 된 것이 겨우 열 몇 살 때였으니 지금으로부터 30년 전인 셈이다. 그 당시에는 아버지도 살아 계셨고 가정 형편도 좋았기에 나는 도련님으로 지냈었다. 그 해는 우리 집에서 성대하게 지내야 할 큰 제사가 있는 해였다. 이 제사는 30여 년 만에 한 번씩 돌아오는 것이라서 아주 정중하게 지내야 한다고 했다. 정월에 제사를 지낼 때 바치는 음식도 많았지만 제기에 아주 정성을 다했고, 절을 하는 사람도 많았으며, 제기는 누가 훔쳐 가지 못하게 잘 지켜야 했다. 우리 집에는 망월(忙月)—이곳에서는 다른 사람에게 일을 시킬 때, 세 종류의 사람이 있었다. 일 년 내내 어떤 한 집에서 일을 해 주는 사람을 장년(長年)이라 하고, 하루 품팔이로 일을 하는 사람을 단공(短工)이라 하며, 자기 농사도 지으면서 설이나 명절 때, 그리고 세를 거두어들일 때 어떤 한 집에 가서 일을 하는 사람을 망월이라 한다.－이 한 명 있었는데, 그 망월은 너무나 바빠서 우리 아버지에게 자기 아들인 룬투가 제기를 맡으면 좋겠다고 말했다.

아버지는 그렇게 하라고 하셨다. 나도 엄청 기뻤다. 왜냐하면 나는 일찍부터 룬투라고 하는 이름을 들은 적이 있었고, 나하고 거의 나이도 비슷한 데다, 윤달에 태어났지만 오행 중에 토(土)가 없는 날이라서 그의 아버지가 룬투라 부르게 되었다는 것도 잘 알고 있었기 때문이었다. 그는 새덫을 놓아서 새도 잘 잡는 아이였다.

그래서 나는 날마다 새해가 오기만을 기다렸다. 새해가 되면 룬투도 오게 될 터였기에.

가까스로 연말이 된 어느 날, 어머니가 내게 룬투가 왔다고 일러주기에 날듯이 달려 나가 보았다. 그는 마침 부엌에 있었다. 자줏빛 둥근 얼굴에 머리에는 자그마한 털모자를 쓰고 있었고 목에는 반짝이는 은목걸이를 두르고 있었다. 이건 분명 그 애 아버지가 아들을 너무나 사랑한 나머지 녀석이 죽을까 걱정이 되어 부처님 앞에서 소원을 빌 때 채워 준 목걸이임을 알 수 있었다. 그는 사람을 만나면 겁을 많이 내고 수줍어했지만, 나에게만은 겁을 내지 않았다. 주위에 사람이 없을 때 나에게 말을 걸어 왔고, 그래서 반나절도 못 되어 우리는 곧 친해졌다.

우리가 그때 무슨 말을 했었는지는 잘 모르겠다. 하지만 기억나는 것은 룬투가 아주 기뻐하면서, 성안에 온 후로 한 번도 본 적이 없던 많은 것들을 봤다고 말한 것이다.

다음 날, 내가 그에게 새를 잡아 달라고 졸랐더니 이렇게 말했다.

"그건 안 돼. 반드시 눈이 많이 와야 되거든. 모래 깔린 마당에 눈이 오면 내가 눈을 쓸어 내고 공터를 만들어서 짤막한 막대기로 큰 대소쿠리를 괴어 놓고 곡식 쭉정이를 뿌려 놓는 거야. 그런 다음 새가 와서 먹이를 쪼아 먹을 때 내가 멀리서 막대기에 연결해 놓은 줄을 잡아당기기만 하면 그 새는 대소쿠리 속에 바로 갇히게 돼. 없는 게 없어. 나락새, 뿔새, 산비둘기, 등푸름이……."

그래서 나는 또 눈이 내리기만을 간절히 바랐다.

룬투는 다시 내게 말했다.

"지금은 너무 추우니까, 여름에 너 내가 사는 곳으로 놀러 와. 우리는 낮에 바닷가에 가서 조개껍데기를 줍는데, 붉은 것 푸른 것 뭐든 다 있어. 귀신이 무서워하는 것도 있고, 부처 손처럼 생긴 것도 있어. 밤에는 아버지하고 수박을 지키러 가는데, 너도 가도 돼."

"도둑을 지키는 거야?"

"아니. 길 가던 사람이 목이 말라 수박 하나 따 먹는 거, 우리가 사는 곳에서는 그런 건 도둑질이라고 생각 안 해. 지켜야 하는 건 오소리, 고슴도치, 사 같은 거야. 달밤에 사각거리는 소리가 들리면 그건 사가 수박을 먹고 있는 거야. 그러면 네가 작살을 들고 살그머니 다가가서……."

난 그때 '사'라고 하는 것이 어떤 녀석인지 전혀 알지 못했다. -물론 지금도 모르고 있지만-그저 아무런 근거도 없이 자그마한 개 모양을 한 아주 흉악스런 녀석일 것이라는 생각이 들 뿐이었다.

"사람 안 물어?"

"작살이 있잖아. 걸어가서 사가 보이면 얼른 찔러야 돼. 이 짐승은 엄청 영리해서 네가 있는 쪽으로 달려와서는 가랑이 밑으로 빠져 달아나 버릴 거야. 그 녀석 털은 기름처럼 매끄러워서……."

나는 평소 세상에 이렇게 신기한 일들이 많은 줄 몰랐다. 바닷가에는 오색 조개껍데기들이 수없이 있고, 수박에는 이렇게 위험한 내력이 있다는 것을. 나는 이제까지 수박은 그저 과일 가게에서나 파는 것이라 알고 있었을 뿐이다.

"우리 모래사장에 밀물이 밀려올 때면 날치들이 펄떡거리는데, 전부 청개구리처럼 두 다리가 달려 있어 가지고……."

야! 룬투는 가슴속에 희귀한 일들을 무궁무진하게 많이 가지고 있었는데, 이런 것들은 내 이전 친구들은 전혀 모르는 것들이었다. 룬투가 바닷가에 있을 때, 그들은 이런 것들은 알지도 못한 채 전부 나처럼 그저 정원 안에서 높은 담 위의 네모난 하늘만 쳐다보고 있었던 것이다.

아쉽게도 정월은 지나가 버리고 룬투는 집으로 돌아가야만 했다. 나는 갑자기 큰 소리로 울었고, 룬투도 부엌에 숨어서 우느라 문을 나오려 하지 않았다. 하지만 끝내 그 애 아버지에게 붙잡혀 떠나고 말았다.

뒤에 그는 자기 아버지에게 부탁을 해서 조개껍데기 한 보따리와 아주 예쁜 새 깃 몇 개를 보내 왔고, 나도 그에게 한두 차례 물건을 보내 주기는 했지만, 그 이후로 더 이상 만나지는 못했다.

지금 어머니가 그 사람 이야기를 하자, 내가 살던 이곳에서의 기억이 갑자기 그리고 그 모든 것이 번개처럼 되살아나, 마치 아름다운 내 고향을 보게 된 것 같았다. 나는 바로 물었다.

"참 잘되었네요! 그 사람, 어떻게 지내요?"

"걔? …… 사는 게 지금도 영 뜻대로 안 되는가 보더구나……."

어머니는 이야기를 하면서 바깥쪽을 바라보았다.

"이 사람들이 또 왔구나. 말은 목기(木器)를 사러 왔다고 하면서 손 가는 대로 아무것이나 다 가져가니 내가 좀 가 봐야겠구나."

어머니는 몸을 일으켜 밖으로 나가셨다. 문밖에선 몇몇 여자 목소리가 들렸다. 나는 곧 훙얼을 가까이로 불러 그와 이야기를 나누었다. 글자를 쓸 줄 아는지, 외지로 나가고 싶은지 물어보았다.

"우리 기차 타고 가는 거예요?"

"기차 타고 가지."

"배는요?"

"먼저 배를 타고……."

"야! 이렇게 되었구나! 수염도 이리 길었고!"

날카로운 어떤 목소리가 갑자기 크게 울렸다.

나는 놀라서 얼른 고개를 들어 보니, 광대뼈가 불룩 튀어나오고 얇은 입술을 한 50세 전후의 여자가 내 앞에 서 있었다. 두 손을 허리춤에 대고 치마도 두르지 않은 채 두 다리를 벌리고 있는 폼이, 마치 제도기 중에 가는 발을 가진 컴퍼스와 같았다.

나는 놀라 멍해졌다.

"모르겠어? 내가 자넬 안아 주고 그랬었는데!"

나는 더욱 멍해졌다. 다행히 어머니가 들어오시더니 옆에서 거들어 주셨다.

"얜 오랫동안 나가 있어서 다 잊었겠지. 자넨 당연히 기억이 나겠지만."

그러고는 나를 보고 이렇게 말했다.

"여기는 우리 집 건너 비스듬한 쪽에 살던 양(楊)씨 집 둘째 아주머니시다. 두부 가게를 하시던."

아, 생각이 났다. 내가 어렸을 때, 우리 집 건너편 두부 가게에 거의 하루 종일 앉아 있던 양씨 집 둘째 아주머니. 사람들은 모두 그녀를 보고 '두부 서시(西施)'라고 불렀다. 그러나 그때는 분칠을 하고 있었고, 광대뼈도 이렇게 높지 않았으며, 입술도 그리 얇지 않았었다. 뿐만 아니라 종일 앉아 있었기 때문에 아직까지 이런 컴퍼스 같은 자세를 본 적이 없었다. 그때 사람들은 이 여자 덕분에 그 두부 가게 장사가 아주 잘 된다고 했었다. 하지만 나이 때문에 그랬는지 나는 아무런 느낌도 없었으며, 그래서 완전히 잊어버렸던 것이다. 그런데 이 컴퍼스는 아주 불만이 많아진 듯 경멸스런 기색을 보였다. 마치 나폴레옹을 모르는 프랑스 사람이나, 워싱턴을 모르는 미국인을 비웃기라도 하듯 차갑게 웃으며 말했다.

"잊어버렸다고? 정말 귀한 사람은 눈이 높아서……."

"어찌 그럴 리가요. 전……."

나는 어쩔 줄을 몰라 일어서며 말했다.

"그럼 내 자네에게 말하지. 쉰(迅)이 자넨 아주 부자가 됐고, 옮기려면 또 무겁기도 할 텐데, 이리 망가진 목기는 또 뭐에 쓰겠는가. 내게 주지. 우리 같은 못난이들에게는 쓸모가 있거든."

"전 결코 부자가 아니에요. 이런 것들을 팔아야 또……."

"아이구! 관리까지 지내고도 부자가 아니라고 그래? 자넨 지금 소실이 셋이나 되고, 외출을 할 때는 여덟 가마꾼이 메는 큰 교자를 타면서도 부자가 아니라고 그래? 흥, 무슨 수를 써도 난 못 속여."

할 말이 없음을 알고 나는 입을 다물고 묵묵히 서 있었다.

"아이고 아이고야, 진짜 돈이 많으면 많을수록 풀지 않으려고 하고, 풀지 않을수록 더 부자가 된다더니……."

컴퍼스는 몹시 화가 난 듯이 돌아서더니 투덜거리며 천천히 밖으로 걸어 나가다가, 어머니의 장갑을 바지춤에 쑤셔 넣고 가 버렸다.

그 뒤에는 또 근처에 사는 친척들이 나를 찾아왔다. 나는 응대를 하면서 중간에 틈을 타서 짐을 챙겼고, 그러는 사이에 사나흘이 지나갔다.

날씨가 몹시 춥던 어느 날 오후, 내가 점심을 먹고 나서 차를 마시며 앉아 있는데, 밖에서 사람이 들어오는 소리가 나서 고개를 돌려 보았다. 내가 그를 보는 순간 나도 모르게 너무 놀라 얼른 일어나서 그를 맞으러 나갔다.

이때 온 사람은 바로 룬투였다. 보자마자 그가 바로 룬투임을 알았지만, 내가 기억하고 있던 룬투는 아니었다. 그는 키가 배나 커 있었고, 옛날의 자줏빛 둥근 얼굴은 이미 검누렇게 변해 있었으며, 주름도 아주 깊이 파여 있었다. 눈 주위도 자기 아버지처럼 온통 붉게 부어 있었다. 바닷가에서 농사를 짓는 사람들은 종일 해풍을 맞아야 하기 때문에 대부분 이런 모습이다. 그는 머리에 낡은 털모자를 썼고, 몸에는 아주 얇은 솜옷 하나만을 걸친 채 전신을 떨고 있었다. 손에는 종이 봉지 하나와 긴 담뱃대를 들고 있었는데, 그 손 역시 내 기억 속의 붉고 둥실한 손이 아니라 거칠고 투박하며 피부가 터져 있어서 마치 소나무 껍데기와도 같았다.

이때 난 너무나 흥분이 되었지만, 무슨 말을 해야 좋을지 몰라 그저 이렇게 말했다.

"아, 룬투 형, 오셨구먼……."

나는 계속해서 할 말이 많았으며, 꿰어 놓은 구슬처럼 쏟아 내고 싶었다. 뿔새, 날치, 조개껍데기, 사……. 그러나 어쩐 일인지 뭔가에 가로막힌 듯한 느낌이 들면서, 그저 머릿속에서만 맴을 돌 뿐 입 밖으로 나오질 않았다.

걸음을 멈춰 선 그의 얼굴에는 기쁨과 슬픔의 기색이 역력했다. 입술이 움직이고 있었지만 그 역시 아무 소리도 내지 못했다. 마침내 그는 공손한 태도로 또렷또렷하게 이렇게 말했다.

"나리……."

나는 소름이 돋는 듯했다. 우리 사이엔 이미 슬프고도 슬픈 두터운 장벽이 가로놓여 있다는 것을 알았다. 나 역시 아무 말도 나오지 않았다.

그는 뒤를 돌아보며 말했다.

"쉐이성〔水生〕! 나리께 인사드려라."

등 뒤에 숨어 있던 아이를 앞으로 끌어내는데, 그 애야말로 바로 20년 전의 룬투였다. 다만 안색이 좀 노랗고 야위었으며 목에 은목걸이가 없을 뿐이었다.

"이놈이 다섯째랍니다. 세상 구경을 해 본 적이 없어서 부끄럼을 많이 타고……."

어머니와 훙얼이 위층에서 내려왔다. 아마도 소리가 들렸던 모양이다.

"노마님. 보내 주신 편지는 일찌감치 잘 받았습니다. 나리께서 돌아오신다는 걸 알고, 어찌나 기뻤는지……."

룬투가 말했다.

"아니, 어찌 이렇게 예의를 차리는가? 옛날에 자네들 호형호제하지 않았던가? 옛날처럼 그렇게 해. '쉰'이라고."

어머니는 기쁜 소리로 말했다.

"아이구, 노마님도 정말……. 그런 법이 어디 있나요? 그때는 어렸을 때라 철이 없어서 그랬지만……."

룬투는 말을 하면서 다시 쉐이성을 불러 인사를 시켰지만 아이는 부끄러워서 자기 아버지 등 뒤에 바싹 붙어 있을 뿐이었다.

"얘가 쉐이성이라고? 다섯째? 전부 낯선 사람들이니 부끄러워하는 게 당연하지. 아무래도 홍얼이 얘하고 같이 가서 좀 놀면 좋겠구나."

어머니가 말했다.

홍얼이 이 말을 듣고 쉐이성에게 손짓을 하자, 쉐이성은 생각지도 않게 가벼운 기분으로 홍얼과 함께 밖으로 나갔다. 어머니가 룬투에게 앉으라고 권하자 그는 잠시 머뭇거리다가 앉았다. 그러더니 긴 담뱃대를 탁자 옆에 기대 세워 놓고는 종이 봉지를 건네면서 이렇게 말했다.

"겨울이라 뭐 별 게 없어서요. 이건 얼마 안 되는 말린 푸른 콩인데, 저희 집에서 말린 것입니다요. 나리 맛 좀 보시라고……."

나는 그의 생활 형편을 좀 물어보았다. 그는 그저 고개를 흔들 뿐이었다.

"아주 어렵습니다요. 여섯째 애까지도 거들어 줄 줄을 압니다만, 그래도 늘 먹을 게 부족하군요. 또 세상이 태평스럽지 못하다 보니…… 무슨 규정도 없고, 어디든 전부 다 돈 구멍에…… 작황은 또 안 좋구요. 뭘 좀 심어 짊어지고 나가 팔면 늘 세금만 몇 번이고 바쳐야 하니, 본전만 까먹게 되지요. 내다 안 팔면 또 썩어 버리게 되구요……."

그는 그저 머리를 흔들 뿐이었다. 얼굴에는 수많은 주름이 파여 있었지만, 전혀 미동이 없었다, 마치 석상과 같이. 그는 그저 괴롭다는 것을 어떻게 형용할 방법이 없다는 듯 잠시 입을 다물고 있다가 담뱃대를 집어 들고 조용히 담배를 피웠다.

어머니가 물어보는 통에, 그는 집안일이 바빠서 내일 돌아가야 한다는 걸 알았다. 또 점심도 먹지 않았던 터라 부엌에 가서 손수 밥을 좀 볶아 먹으라고 시켰다.

그가 나가자 어머니와 나는 함께 그의 형편에 탄식을 하였다. 많은 아이들, 기황, 가혹한 세금, 군인, 도적, 관리, 향신(鄕紳), 이런 것들이 괴롭히는 통에 그는 나무로 만든 장승이 되어 버린 것 같았다. 어머니는 내게 반드시 옮겨 갈 물건이 아닌 것은 최대한 그에게 주고, 그가 손수 골라 가게 하자고 하였다.

오후에 그는 몇 가지 물건을 골랐다. 긴 탁자 둘, 의자 넷, 향로와 촛대 한 쌍, 저울 한 개. 그는 또 재-우리 고향에선 밥을 지을 때 짚을 때는데, 그 재는 모래사장의 비료로 쓰인다.-를 전부 달라고 하였는데, 우리가 떠날 때 그 배로 실어 나를 심산이었다.

밤에 우리는 또 이야기를 나누었는데, 다 중요치 않은 그런 말들이었다. 다음 날 아침 일찍 그는 쉐이성을 데리고 집으로 돌아갔다.

다시 아흐레가 지난 그날은 우리가 떠나야 하는 날이었다. 룬투는 아침 일찍 도착했지만 쉐이성은 데려오지 않았다. 대신 다섯 살짜리 딸을 데리고 와서 배를 지키게 하였다. 우리는 하루 종일 너무나 바빴기 때문에 더 이상 이야기를 할 틈이 없었다. 손님들이 적지 않았다. 그중에는 전송을 하러 온 사람도 있었고, 물건을 가지러 온 사람도 있었으며, 전송 겸 물건을 가지러 온 사람도 있었다. 저녁때가 되어 우리가 배에 탔을 때, 고택 안에 있던 크고 작은 모든 잡동사니 물건들은 이미 비로 쓴 듯이 깨끗하게 비어 있었다.

우리 배가 앞으로 나아갈 때, 양쪽 언덕 위의 푸른 산들은 황혼 속에서 완전히 검푸른 빛깔로 물들어, 계속 배 뒤쪽으로 사라져 갔다.

홍얼과 나는 배 창가에 몸을 기댄 채, 함께 바깥의 아물거리는 풍경을 바라보고 있었는데, 그 애가 갑자기 이렇게 물었다.

"큰아버지! 우리 언제 돌아와요?"

"돌아오다니? 넌 어찌 떠나기도 전에 돌아올 생각부터 하니?"

"저, 쉐이성하고 제가 약속을 했거든요, 걔네 집에 놀러 가기로요……."

그는 크고 검은 눈을 똑바로 뜨고, 멍하게 생각에 잠겼다.

나와 어머니도 약간 멍해 있었지만, 그 말에 다시 룬투 이야기를 시작하게 되었다. 어머니 말은 이랬다. 그 두부 서시 양씨 집 둘째 아주머니는 우리 집이 이삿짐을 챙길 때부터 매일같이 찾아오더니, 그저께는 잿더미 속에서 접시하고 그릇 열 몇 개를 찾아내 놓고, 이리저리 따져 보더니, 룬투가 재를 옮길 때 함께 가져가려고 숨겨 둔 거라고 하더란다. 양씨 집 아주머니는 이 일을 발견한 걸 가지고 큰 공이라도 세운 것처럼 여기면서, 구기살(狗氣殺) – 이것은 우리 고향에서 닭을 키울 때 쓰는 도구로, 나무 그릇 위에 창살을 치고 그 속에 모이를 담아 두면, 닭은 목을 길게 빼 쪼아 먹을 수 있지만 개는 그럴 수 없어서 그저 바라보며 속만 태울 뿐이다. –을 집어 들고는 날아가듯 도망을 치는데, 그 바닥 두꺼운 전족으로 그렇게도 빨리 뛰어가더라고 하였다.

옛집은 나에게서 점점 멀어져 갔다. 고향 산천도 점점 내게서 모두 멀어져 갔다. 그러나 나는 아무런 미련도 느낄 수가 없었다. 사방은 밖이 보이지 않는 높은 담으로 둘러싸여 있어서 고독한 몸이 되었고, 그래서 너무나 답답하다는 느낌이 들 뿐이었다.

그 수박밭 위에 은목걸이를 한 작은 영웅의 모습은 원래 엄청나게 뚜렷했었는데, 지금은 홀연 흐릿해지면서 나를 너무 슬프게 했다.

어머니와 훙얼은 모두 잠이 들었다.

나는 자리에 누워, 배 밑바닥에서 철썩거리는 물소리를 들으며 내가 나의 길을 가고 있다는 걸 알 수 있었다. 이런 생각이 들었다.

'나는 마침내 룬투와 너무나 다른 길을 가고 있지만, 우리의 어린 아이들 마음은 아직 하나로 이어져 있기에 훙얼이 지금 쉐이성을 생각하고 있지 않은가?'

나는 그 애들이 더 이상 나나 또 다른 사람들처럼 단절이 되지 않았으면 좋겠다. 그렇지만 난 또 그들이 서로의 마음을 하나로 하기 위해서 모두가 나처럼 괴롭게 떠돌이 생활을 하는 것도 결코 바라지 않는다. 또 그들이 모두 룬투처럼 괴롭고 마비된 생활을 하는 것도 원치 않으며, 또한 다른 사람들처럼 고생을 하면서 방종한 생활을 하는 것도 바라지 않는다. 그들은 마땅히 새로운 생활을 가져야 한다. 우리가 아직 경험해 보지 못한 것을 위해서.

희망이라는 걸 생각하니, 갑자기 겁이 난다. 룬투가 향로와 촛대를 달라고 했을 때, 나는 속으로 그를 비웃었다. 그가 늘 하는 우상숭배, 어느 때든 잊지를 못한다고. 지금 내가 말하는 희망 역시 내가 손수 만들어 낸 우상은 아닐까? 그저 룬투의 소망이 현실에 아주 가까운 것이라면, 내 소망은 막연하고 아득한 것일 뿐이고.

몽롱한 중에 내 눈앞에는 바닷가의 파란 모래사장이 펼쳐졌고, 그 위로는 짙은 쪽빛 하늘에 황금빛 보름달이 걸려 있었다. 이런 생각이 들었다. 희망이란 원래 있다고도 할 수 없고, 없다고도 할 수 없는 것. 그것은 마치 땅 위의 길과 같은 것이리라. 사실 땅 위에는 본래 길이 없었는데 걸어가는 사람이 많아지면서 그것이 곧 길이 된 것이라고.

1 이 소설에서 20년 전 고향의 모습을 떠오르게 하는 것을 찾아봅시다.

2 다시 만난 룬투와 고향 사람들을 통해 '나'는 고향이 어떻게 변했다고 생각하는지 이야기해 봅시다.

3 '나'가 바라는 세상은 어떤 모습일지 다음 부분을 통해서 생각해 봅시다.

'나는 마침내 룬투와 너무나 다른 길을 가고 있지만, 우리의 어린아이들 마음은 아직 하나로 이어져 있기에 훙얼이 지금 쉐이성을 생각하고 있지 않은가?' 나는 그 애들이 더 이상 나나 또 다른 사람들처럼 단절이 되지 않았으면 좋겠다. 그렇지만 난 또 그들이 서로의 마음을 하나로 하기 위해서 모두가 나처럼 괴롭게 떠돌이 생활을 하는 것도 결코 바라지 않는다. 또 그들이 모두 룬투처럼 괴롭고 마비된 생활을 하는 것도 원치 않으며, 또한 다른 사람들처럼 고생을 하면서 방종한 생활을 하는 것도 바라지 않는다. 그들은 마땅히 새로운 생활을 가져야 한다. 우리가 아직 경험해 보지 못한 것을 위해서.

(중략)

몽롱한 중에 내 눈앞에는 바닷가의 파란 모래사장이 펼쳐졌고, 그 위로는 짙은 쪽빛 하늘에 황금빛 보름달이 걸려 있었다. 이런 생각이 들었다. 희망이란 원래 있다고도 할 수 없고, 없다고도 할 수 없는 것. 그것은 마치 땅 위의 길과 같은 것이리라. 사실 땅 위에는 본래 길이 없었는데 걸어가는 사람이 많아지면서 그것이 곧 길이 된 것이라고.

4 정지용 시인의 〈고향〉이라는 시를 찾아 읽고, 시의 화자와 이 소설에 나오는 '나'의 심정을 비교해 봅시다.

고향을 완전히 떠나기 위해 20년 만에 '나'가 찾은 고향은 쓸쓸하고 황폐하며 생기를 잃고 가로누워 있다. 집에 돌아온 후 어머니로부터 룬투의 소식을 들은 '나'의 머릿속은 30년 전으로 거슬러 올라간다. 당시 '나'는 도련님이었고, 룬투는 고용인의 아들이었다. 하지만 둘은 같은 또래의 친구였다. 룬투는 '나'에게 대나무 소쿠리로 새를 잡는 방법과 조개껍데기 줍는 이야기, 수박 밭을 지키는 일 따위에 대해 말해 주곤 했었다. 어머니에게 룬투 이야기를 듣는 순간 '나'는 수박 밭을 지키는 한 소년의 모습을 한 폭의 그림처럼 떠올린다.

그러나 오랜 세월이 흐른 후 다시 만난 룬투는 회색 얼굴에 깊은 주름이 잡혀 있었고, 너덜너덜한 털모자에 얇은 솜옷을 입은 초라한 모습이었다. '나'는 흥분하여 룬투를 맞이했지만 그는 공손한 말투로 '나'를 '나으리'라고 부른다. 서로 편하게 부르라는 어머니의 말에 룬투는 그럴 수 없다고 대답한다.

이사를 앞둔 집에는 많은 사람이 찾아오고, 특히 두부집 서시라고 불렸던 아주머니는 '나'가 출세한 부자가 되었으니 이런 물건은 필요 없을 것이라며 올 때마다 물건을 챙겨서 달아난다. 필요한 물건을 가져가라는 말에, 룬투는 향로와 촛대를 비롯한 몇 개의 물건과 재를 달라고 한다.

'나'는 고향에 돌아와 기억 속의 고향과는 너무나 다른 황폐한 모습에 실망하지만, 변한 것은 자기 자신이라고 생각한다. 자신의 처지가 달라져 있고 마을 사람들은 자신을 출세한 부자로 생각하고 있으며, 어린 시절 함께했던 룬투와도 전혀 다른 길을 가고 있다는 단절감을 느낀다. 고향을 떠나는 날, 배 위에서 멀어져 가는 고향을 보며 '나'는 외톨이가 되어 숨 막힐 것 같은 자신을 느낀다.

정지용도 〈고향〉이라는 시에서, 고향에 돌아와 보니 자연은 그대로인데 자신의 마음은 이방인처럼 고향에 안기지 못하고 어린 시절의 추억도 모두 사라져 버렸음을 안타까이 노래했다.

그러나 '나'는 이러한 단절 속에서도 희망을 꿈꾼다. 그 희망을 이루기 위해서는 룬투와 '나', '나'와 마을 사람들 사이에 생긴 단절을 극복하는 것이 가장 시급한 과제일 것이다. 단절을 극복하고 공동체를 회복하는 것, '나'는 어린아이들을 통해 희망의 가능성을 보고 있는 듯하다. 그리고 많은 사람의 노력을 모은다면 아마도 그 희망은 한결 쉽게 이루어질 것이다.

눈길

이청준

"내일 아침 올라가야겠어요."

점심상을 물리고 앉으면서 나는 마침내 입속에서 별러 오던 소리를 내뱉어 버렸다. 노인과 아내가 동시에 밥숟갈질을 멈추며 나의 얼굴을 멀거니 건너다본다.

"내일 아침 올라가다니. 이참에도 또 그렇게 쉽게?"

노인은 결국 숟가락을 상 위로 내려놓으며 믿기지 않는다는 듯 되묻고 있었다.

하지만 나는 이제 내친걸음이었다. 어차피 일이 그렇게 될 바엔 말이 나온 김에 매듭을 분명히 지어 두지 않으면 안 되었다.

"네, 내일 이참에 올라가겠어요. 방학을 얻어 온 학생 팔자도 아닌데, 남들 일할 때 저라고 이렇게 한가할 수가 있나요. 급하게 맡아 놓은 일도 한두 가지가 아니고요."

"그래도 한 며칠 쉬어 가지 않고…… 난 해필 이런 더운 때를 골라 왔길래 이참에는 며칠 좀 쉬어 갈 줄 알았더니……."

"제가 무슨 더운 때 추운 때를 가려 살 여유나 있습니까."

"그래도 그 먼 길을 이렇게 단걸음에 되돌아가야 하겠냐. 넌 항상 한동자로만 왔다가 선걸음에 새벽길을 나서곤 하더라마는…… 이번에는 너 혼자도 아니고…… 하룻밤이나 차분히 좀 쉬어 가도록 하거라."

"오늘 하루는 쉬었지 않아요. 하루를 쉬어도 제 일은 사흘을 버리는걸요. 찻길이 훨씬 나아졌다곤 하지만 여기선 아직도 서울이 천릿길이라, 오는 데 하루 가는 데 하루……."

"급한 일은 우선 좀 마무리를 지어 놓고 오지 않구선……."

노인 대신 이번에는 아내 쪽에서 나를 원망스럽게 건너다보았다.

하지만 그건 물론 나의 주변머리를 탓하고 있는 게 아니었다. 내게 그처럼 급한 일이 없다는 걸 그녀는 알고 있었다.

서울을 떠나올 때 급한 일들은 미리 다 처리해 둔 것을 그녀에게는 말을 해 줬으니까. 그리고 이번에는 좀 홀가분한 기분으로 여름 여행을 겸해 며칠 동안이라도 노인을 찾아보자고 내 편에서 먼저 제의를 했었으니까. 그녀는 나의 참을성 없는 심경의 변화를 나무라고 있는 것이었다.

그리고 그 매정스런 결단을 원망하고 있는 것이었다. 까닭 없는 연민과 애원기 같은 것이 서려 있는 그녀의 눈길이 그것을 더욱 분명히 하고 있었다.

"그래, 일이 그리 바쁘다면 가 봐야 하기는 하겠구나. 바쁜 일을 받아 놓고 온 사람을 붙잡는다고 들을 일이겠냐."

한동안 입을 다물고 앉아 있던 노인이 마침내 체념을 한 듯 다시 입을 열었다.

"항상 그렇게 바쁜 사람인 줄은 안다마는, 에미라고 이렇게 먼 길을 찾아와도 편한 잠자리 하나 못 마련해 주는 내 맘이 아쉬워 그랬던 것 같구나."

말을 끝내고 나서는 무연스런 표정으로 장죽 끝에 풍년초를 꾹꾹 눌러 담기 시작한다.

너무도 간단한 체념이었다.

담배통에 풍년초를 눌러 담고 있는 그 노인의 얼굴에는 아내에게서와 같은 어떤 원망기 같은 것도 찾아볼 수 없었다. 당신 곁을 조급히 떠나고 싶어 하는 그 매정스런 아들에 대한 아쉬움 같은 것도 엿볼 수가 없었다.

성냥불도 붙이려 하지 않고 언제까지나 그 풍년초 담배만 꾹꾹 눌러 채우고 앉아 있는 노인의 눈길은 어딘지 아득하고 무연스러울 뿐이었다.

너무도 간단하고 무연스러운 그 노인의 체념에 나는 오히려 짜증이 돋았다.

나는 마침내 자리를 일어섰다. 그러고는 그 노인의 무표정에 밀려나기라도 하듯 방문을 나왔다.

장지문 밖 마당가에 작은 치자나무 한 그루가 한낮의 땡볕을 견디고 서 있었다.

지열이 후끈거리는 뒤꼍 콩밭 한가운데에 오리나무 무성한 묘지가 하나 있었다. 그 오리나무 그늘에 숨어 앉아 콩밭 아래로 내려다보니 집이라고 생긴 게 꼭 습지에 돋아 오른 여름 버섯 형상을 닮아 있었다.

나는 금세 어디서 묵은 빚 문서라도 불쑥 불거져 나올 것 같은 조마조마한 기분이었다.

애초의 허물은 그 빌어먹게 비좁고 음습한 단칸 오두막 때문이었다. 무슨 묵은 빚이 불거져 나올 것 같은 불편스런 기분이 들게 해 오는 것도 그랬고, 처음 예정을 뒤바꿔 하루 만에 다시 길을 되돌아갈 작정을 내리게 한 것 역시 그러했다. 하지만 내게 빚은 없었다. 노인에 대해선 처음부터 빚이 있을 수 없는 떳떳한 처지였다.

노인도 물론 그 점에 대해선 나를 완전히 신용하고 있었다.

"내 나이 일흔이 다 됐는디, 이제 또 남은 세상이 있으면 얼마나 길라더냐."

이가 완전히 삭아 없어져서 음식 섭생이 몹시 불편스러워진 노인을 보고 언젠가 내가 지나가는 말처럼 권해 본 일이 있었다. 싸구려 가치라도 해 끼우는 게 어떻겠느냐는 나의 말 선심에 애초부터 그래 줄 가망이 없어 보여 그랬던지 노인은 단자리에서 사양을 해 버리는 것이었다.

"이럭저럭 지내다 이대로 가면 그만일 육신, 이제 와 늘그막에 웬 딴 세상을 보겠다고……."

한번은 또 치질기가 몹시 심해져서 배변이 무척 힘들어 하시는 걸 보고 수술 같은 걸 권해 본 일도 있었다. 노인은 그때도 역시 비슷한 대답이었다.

"나이를 먹어도 아녀자는 아녀자더라. 어떻게 남의 눈에 궂은 데를 보이겠더냐. 그냥저냥 참다 갈란다."

남은 세상이 얼마 길지 못하리라는 체념 때문에도 그랬겠지만, 그보다 노인은 아무것도 아들에겐 주장하거나 돌려받을 것이 없는 당신의 처지를 감득하고 있는 탓에도 그리된 것이었다.

고등학교 일 학년 때 형의 주벽으로 가계가 파산을 겪은 뒤부터, 그리고 마침내 그 형이 세 조카아이와 그 아이들의 홀어머니까지를 포함한 모든 장남의 책임을 내게 떠맡기고 세상을 떠난 뒤부터 일은 줄곧 그렇게만 되어 온 셈이었다. 고등학교와 대학교와 군영 3년을 치러 내는 동안 노인은 내게 아무것도 낳아 기르는 사람의 몫을 못했고, 나는 또 나대로 그 고등학교와 대학과 군영의 의무를 치르고 나와서도 자식 놈의 도리는 엄두를 못 냈다. 노인이 내게 베푼 바가 없어서가 아니라 그럴 처지가 못 되었기 때문이다. 나는 나대로 그 형이 내게 떠맡기고 간 장남의 책임을 감당하기를 사양치 않을 수가 없었기 때문이었다.

노인과 나는 결국 그런 식으로 서로 주고받을 빚이 없는 처지였다. 노인은 누구보다 그것을 잘 알고 있었다. 그렇기 때문에 내게 대해선 소망도 원망도 있을 수 없었다. 그런 노인이었다. 한데 이번에는 웬일인지 노인의 눈치가 이상했다. 글쎄 그 가치나 수술마저 한사코 사양을 해 온 노인이, 나이 여든에서 겨우 두 해가 모자란 늘그막에 와서야 새삼스레 다시 딴 세상 희망이 생긴 것일까.

노인은 아무래도 엉뚱한 꿈을 꾸고 있는 것 같았다. 그것은 너무나 엄청난 꿈이었다.

지붕 개량 사업이 애초의 허물이었다.

"집집마다 모두 도당 아니면 기와들을 얹는단다."

노인은 처음 남의 말을 하듯이 집 이야기를 꺼냈었다. 어제 저녁때 노인과 셋이서 잠자리에 들기 전이었다. 밤이 이슥해서 형수는 뒤늦게 조카들을 데리고 이웃집으로 잠자리를 얻어 나가 버리고 우리는 노인과 셋이서 그 비좁은 오두막 단칸방에다 잠자리를 함께 폈다.

어기영차! 어기영……. 그때 어디선가 밤일을 하는 남정들의 합창 소리가 왁자하게 부풀어 올랐다. 귀를 기울이고 듣고 있다가 무슨 소리냐니까 노인이 문득 생각난 듯이 귀띔을 해 왔다.

"동네가 너도나도 집들을 고쳐 짓느라 밤잠들을 안 자고 저 야단들이란다."

농어촌 지붕 개량 사업이라는 것이었다. 통일벼가 보급된 후로는 집집마다 그 초가지붕 개초가 어렵게 되었단다. 초봄부터 시작된 지붕 개량 사업은 그래저래 제격이었다. 지붕을 개량하면 정부 보조금 5만 원을 얻는다는 것이었다. 모심기가 시작되기 전 봄철 한때하고 모심기가 끝난 초여름부터 지금까지 마을 집 거의가 일을 끝냈단다.

나는 처음 그런 노인의 이야기를 들었을 때 무턱대고 가슴부터 덜렁 내려앉고 있었다. 노인에 대한 빚 생각이 처음으로 머릿속에 떠오른 순간이었다. 이 노인이 쓸데없는 소망을 지니면 어쩌나. 하지만 나는 곧 마음을 가라앉혔다. 무엇보다도 나는 노인에 대해서 빚이란 게 없었다. 노인이 그걸 잊었을 리 없었다. 그리고 그런 아들에게 선부른 주문을 내색할 리 없었다. 전부터도 그 점만은 안심을 할 만한 노인의 성깔이었다. 한데다가 그 노인이 설령 어떤 어울리잖을 소망을 지닌다 해도 이번에는 그 집 꼴이 문제 밖이었다. 도대체가 기와고 도당이고 지붕을 가꿀 만한 집 꼴이 못 되었다. 그래저래 노인도 소망을 지녀 볼 엄두를 못 낸 모양이었다. 이야기하는 말투가 영락없는 남의 일이었다.

하지만 사실은 그게 오해였다. 노인의 속마음은 그게 아니었던 것 같다.

"관에서 하는 일이라면 이 집에도 몇 번 이야기가 있었겠군요?"

사태를 너무 낙관한 나머지 위로 겸해 한마디 실없는 소리를 내놓은 것이 나의 실수였다.

노인은 다시 자리를 일어나 앉았다. 그리고 머리맡에 놓아 둔 장죽 끝에다 풍년초 한 줌을 쏘아 박기 시작했다.

"왜 우리 집이라 말썽이 없었더라냐."

노인은 여전히 남의 말을 옮기듯 덤덤히 말했다.

"이장이 쫓아와 뜸을 들이고, 면에서 나와서 으름장을 놓고 가고…… 그런 일이 한두 번뿐이었으면야…… 나중엔 숫제 자기들 쪽에서 사정 조로 나오더라."

"그래 어머닌 뭐라 우겼어요?"

나는 아직도 노인의 진심을 모르고 있었다.

"우길 것도 뭣도 없는 일 아니겄냐. 지놈들도 눈깔이 제대로 박힌 인간들인 것인디……. 사정을 해 오면 나도 똑같이 사정을 했더니라. 늙은이도 사람인디 나라고 어디 좋은 집 살고 싶은 맘이 없겠소. 맘으로야 천 번 만 번 기와도 입히고 기둥도 갈아 내고 싶지만 이 집 꼴을 좀 들여다보시오들. 이 오두막살이 흙집 꼴에다 어디 기와를 얹고 말 것이 있겠소……."

"그랬더니요?"

"그랬더니 몇 번 더 발길을 스쳐 가더니 그 담엔 흐지부지 말이 없더라. 지놈들도 이 집 꼴을 보면 사정을 모를 청맹과니들이더라냐?"

노인은 그 거칠고 굵은 엄지손가락 끝으로 뜨거운 장죽 끝을 눌러 대고 있었다.

"그 친구들 아마 이 동네를 백 퍼센트 지붕 개량으로 모범 마을을 만들고 싶어 그랬던 모양이군요."

나는 왠지 기분이 씁쓸하여 그런 식으로 그만 이야기를 얼버무려 넘기려고 하였다.

그런데 그게 오히려 결정적인 실수였다.

"하기사 그 사람들도 그런 소리들을 하더라. 이제 오늘 밤일을 한 저 집 개량 일을 끝내고 나면 이 동네에서 지붕 개량을 안 한 집은 우리하고 저 아랫동네 순심이네 두 집밖에 안 남는다니까 말이다."

"그래도 동네 듣기 좋은 모범 마을 만들자고 이런 집에까지 꼭 기와를 얹으라 하겠어요."

"그래 말이다. 차라리 지붕에 기와나 도당만 얹으랬으면 우리도 두 눈 딱 감고 한번 저질러 보고 싶기도 하더라마는, 이런 집은 아예 터부터 성주를 다시 할 집이라 그렇제……."

모범 마을이 꼬투리가 되어서 이야기가 다시 엉뚱한 곳으로 번지고 있었다. 나는 비로소 다시 가슴이 섬뜩해 왔다. 하지만 이미 때가 너무 늦고 말았다.

"하기사 말이 쉬운 지붕 개량이지 알속은 실상 새 성주를 하는 집도 여러 집 된단다."

한 번 이야기를 꺼낸 노인이 거기서부터는 새삼 마을 사정을 소상하게 털어놓기 시작했다.

그 지붕 개량 사업이라는 것은 알고 보니 사실 융통성이 꽤나 많은 일이었다. 원칙은 그저 초가지붕을 벗기고 기와나 도당을 얹은 것이었지만, 기와의 하중을 견뎌 내기 위해선 기둥을 몇 개쯤 성한 것으로 갈아 넣어야 할 집들이 허다했다. 그걸 구실로 대부분의 사람들은 성주를 새로 하듯 집들을 터부터 고쳐 지어 버렸다. 노인에게도 물론 그런 권유가 여러 번 들어왔다. 기둥이 허술해서 기와를 못 얹는다는 건 구실일 뿐이었다. 허술한 기둥을 구실로 끝끝내 기와 얹기를 미뤄 온 집이 세 가구가 있었는데 이날 밤에 또 한 집이 새 성주를 위해서 밤일을 벌이고 있다는 것이었다. 노인이 기와 얹기를 단념한 것은 집 기둥이 너무 허약해서가 아니었다. 노인은 새 성주가 겁이 나 일을 단념할 수밖에 없었던 것이다.

허술한 기둥만 믿을 수가 없었다.

일은 아직도 낙관할 수 없었다. 나는 불시에 다시 그 노인에 대한 나의 빚만을 생각하고 있었다.

노인도 거기서 한참 동안 꺼져 가는 장죽불에만 신경을 쏟고 있었다. 하더니 이윽고는 더 이상 소망을 숨기기가 어려운 듯 가는 한숨을 삼키는 것이었다. 그러고는 그 한숨 끝에다 무심결인 듯 덧붙이고 있었다.

"이참에 웬만하면 우리도 여기다 방 한 칸쯤이나 더 늘여 내고 지붕도 도당으로 얹어 버리면 싶긴 하더라만……."

마침내 노인이 그 당신의 소망을 내비친 것이었다.

"오늘 당할지 낼 당할지 모르는 일이기는 하지만, 날짐승만도 못한 목숨이 이리 모질기만 하다 보니 별의별 생각이 다 드는구나. 저런 옷궤 하나도 간수할 곳이 없어 이리 밀치고 저리 밀치다 보면 어떤 땐 그저 일을 저질러 버리고 싶은 생각이 꿀떡 같아지기도 하고……."

노인은 결국 그런 식으로 당신의 소망을 분명히 해 버리고 있었던 셈이었다. 지금은 아니더라도 적어도 그런 소망을 지녔던 것만은 분명히 한 것이다.

나는 이제 할 말이 없었다. 눈을 감은 채 듣고만 있었다. 노인에 대해선 빚이 없음을 골백번 속으로 다짐하고 있었다.

"이번에는 면에서도 그냥 흐지부지 지나가 주더라만 내년엔 또 이번처럼 어떻게 잠잠해 주기나 할는지. 하기사 면 사람들 무서워 집을 고친다고 할 수도 없는 노릇이제마는, 늙은이 냄새가 싫어 그런지 그래도 한데서 등짝 붙이고 누울 만한 방 놔 두고 밤마다 남의 집으로 잠자릴 얻어 다니는 저것들 에미 꼴도 모른 체하기는 못할 일이더니라."

내가 아예 대꾸를 안 하니까 노인은 이제 혼잣말 비슷이 푸념을 계속했다. 듣다 보니 그 노인의 머릿속엔 이미 꽤 구체적인 계획표까지 마련이 되어 있었던 것 같았다.

"나라에서 보조금을 5만 원이나 내주겠다, 일을 일단 저지르고 들었더라면 큰돈이야 얼마나 더 들 일이 있었을라더냐……. 남정네가 없어 남들처럼 일손을 구하기가 쉽진 못했것지만 네 형수가 여름 한 철만 밭을 매 주기로 했으면 건넛집 용석이 아배라도 그냥 모른 체하지는 않았을 것이다……."

흙일을 돌볼 사람은 그 용석이 아버지에게 부탁을 하고 기둥을 갈아 낼 나무 가대는 이장네 산에서 헐값으로 몇 개를 부탁해 볼 수가 있었다는 것이다.

노인의 장죽 끝에는 이제 불기가 꺼져 식어 있었다.

노인은 연신 그 불 꺼진 장죽을 빨아 대면서, 한사코 그 보조금 5만 원과 이웃의 도움이 아까워서라도 일을 단념하기가 아쉬웠다는 투였다.

하지만 노인은 그러면서도 끝끝내 내게 대한 주장이나 원망의 빛을 보이진 않았다. 이야기의 형식은 어디까지나 과거의 일로서 그런 생각을 해 봤을 뿐이고, 그럴 뻔했다는 말일 뿐이었다. 그리고 그런 식으로 나에 대해선 어떤 형식으로도 직접적인 부담감을 느끼게 하지 않으려는 식이었다. 말하는 목소리도 끝끝내 그 체념기가 짙은 특유의 침착성을 잃지 않은 채였다.

"하지만 다 소용없는 일이다. 세상일이 그렇게 맘같이만 된다면야 나이 먹고 늙은 걸 설워 안 할 사람이 있을라더냐. 나이를 먹으면 애기가 된다더니 이게 다 나이 먹고 늙어 가는 노망기 한 가지제."

종당에는 그 당신의 은밀스런 소망조차도 당신 자신의 실없는 노망기 탓으로 돌려 버리고 있었다.

하지만 나는 이제 그런 노인의 내심을 못 알아볼 리가 없었다. 한마디 말참견도 없이 눈을 감고 잠이 든 척 잠잠히 누워만 있던 아내까지도 그것을 분명히 눈치채고 있었다.

"당신, 어젯밤 어머니 말씀에 그렇게밖에 응대해 드릴 방법이 없었어요?"

오늘 아침 아내는 마당가로 세숫물을 떠 들고 나왔다가 낮은 소리로 추궁을 해 왔다. 그때 나는 아내에게 그저 쓸데없는 참견 말라는 듯 눈매를 잔뜩 깎아 떠 보였었다. 아내는 그러는 나를 차라리 경멸조로 나무랐다.

"당신은 참 엉뚱한 데서 독해요. 늙은 노인네가 가엾지도 않으세요. 말씀이라도 좀 더 따뜻하게 위로를 드릴 수 있었을 텐데 말예요."

아내도 분명 노인의 말뜻을 알아듣고 있었던 것이다. 그리고 아내는 나보다도 더 노인을 걱정하고 있었다. 노인에 대한 나의 속마음도 속속들이 모두 읽고 있는 게 당연했다. 내일 아침으로 서둘러 서울로 되돌아가겠노라는 나의 결정에 아내가 은근히 분개하고 나선 것도 그런 사연을 모두 알고 있었기 때문이었다. 한다고 그년들 무슨 뾰족한 수가 있을 수가 있는가.

어쨌든 노인이 이제라도 그 집을 새로 짓고 싶어 하고 있는 건 분명했다. 아무래도 알 수가 없는 일이었다. 아닌 게 아니라 나이를 먹으면 노인들은 모두 어린애가 되어 가는 것일까. 노인은 정말로 내게 빚이 없다는 사실을 잊어버리고 만 것일까. 노인의 말처럼 그건 노망기가 분명했다. 그런 염치도 못 가릴 정도로 노인은 그렇게 늙어 버린 것이었다. 하지만 난 노인의 노망기를 원망할 필요는 없었다. 문제는 나의 빚이었다. 노인에 대해 빚이 없다는 사실만이 내게는 중요했다. 염치가 없어져서건 노망을 해서건 노인에 대해 내가 갚아야 할 빚만 없으면 그만인 것이다.

– 빚이 있을 리 없지. 절대로! 글쎄 노인도 그걸 알고 있으니까 정면으로는 말을 꺼내지 못하질 않던가 말이다.

어디선가 무덥고 게으른 매미 울음소리가 들려왔다.

나는 비로소 어떤 신념을 굳힌 듯 오리나무 그늘에서 몸을 힘차게 일으켜 세웠다. 콩밭 아래로 흘러 뻗은 마을이 눈앞으로 멀리 펼쳐져 나갔다. 아닌 게 아니라 아직 초가지붕을 이고 있는 건 노인네의 그 버섯 모양의 오두막과 또 다른 아랫동네의 한 채가 전부였다.

– 빌어먹을! 그 지붕 개량 사업인지 뭔지 하필 이런 때 법석들이지?

아무래도 심기가 편할 수는 없었다. 나는 공연히 그 지붕 개량 사업 쪽에다 애꿎은 저주를 보내고 있었다.

해가 훨씬 기운 다음에야 콩밭을 가로질러 노인의 집 뒤꼍으로 뜰을 들어서려다 보니 아내는 결국 반갑지 않은 화제를 벌여 놓고 있었다.

"이 나이에 내가 살면 얼마나 더 좋은 세상을 살겄다고 속없이 새 방 들이고 기와지붕을 덮자겠냐……. 집 욕심 때문이 아니라 나 간 뒷일이 안 놓여 그런다……."

뒤곁에서 안뜰로 발길을 돌아 나서려다 보니, 장지문을 반쯤 열어 젖힌 안방에서 노인의 말소리가 도란도란 흘러나오고 있었다.

"날씨가 선선한 봄가을 철이나, 하다못해 마당에 채일(차일)이라도 치고들 지내는 여름철만 되더라도 걱정이 덜하겄다마는, 한겨울 추위 속에서 운 사납게 숨이 딸깍 끊어져 봐라. 단칸방 아랫목에다 내 시신 하나 가득 늘여 놓으면 그 일을 어쩔 것이냐."

이번에도 또 그 집에 관한 이야기였다. 노인을 어떻게 위로한다는 것일까. 아니면 아내는 그 노인의 소망을 더 이상 어떻게 외면할 수가 없도록 노골화시켜 버리고 싶었던 것일까. 답답하게 눈치만 보고 도는 그 나에 대한 아내의 원망은 그토록 뿌리가 깊고 지혜로웠던 것이란 말인가. 노인의 이야기는 아내가 거기까지 유도해 내고 있었던 게 분명했다. 노인은 이제 그 아내 앞에 당신의 집에 대한 소망을 분명한 목소리로 털어놓고 있었다.

그리고 이젠 당신의 소망에 대한 솔직한 사연을 말하고 있었다. 노인의 그 오랜 체념의 습관과 염치를 방패 삼아 어물어물 고비를 지나가려던 노인의 소망이 마침내 노골적인 모습을 드러내 버린 것이었다. 노인의 소망은 이미 짐작하고 있었지만 설마 하면 그렇게 분명한 대목까지 만나게 될 줄은 몰랐던 일이었다.

나는 마치 마지막 희망이 무너진 느낌이었다. 하지만 그 노인의 설명에는 나에게는 마침내 분명해진 것이 있었다. 노인이 갑자기 그 집에 대한 엉뚱한 소망을 지니게 된 당신의 내력이었다. 노인은 아직도 당신의 삶을 위해서는 새삼스런 소망을 지니지 않고 있었다. 노인의 소망은 당신의 사후에 내력이 있었다.

"떠돌아 들어 살아오긴 했어도, 난 이 동네 사람들한테 못할 일은 한 번도 안 해 보고 살아 온 늙은이다. 궂은 밥 먹고 궂은 옷 입고 궂은 잠자리 속에 말년을 보냈어도 난 이웃이나 이 동네 사람들한테 궂은 소리는 안 듣고 늙어 왔다. 이 소리가 무슨 소린고 하니 나 죽고 나면 그래도 이 동네 사람들, 이 늙은 주검 위에 흙 한 삽, 뗏장 한 장씩은 덮어 주러 올 거란 말이다. 늙거나 젊거나 그렇게 내 혼백을 들여다봐 주러 오는 사람들을 어찌할 것이냐. 사람은 죽어 이웃이 없는 것보다 더 고단한 것도 없는 법인디 오는 사람 마다할 수 없고 가난하게 간 늙은이가 죽어서라도 날 들여다봐 주러 오는 사람들한테 쓴 소주 한잔을 대접해 보내고 싶은 게 죄가 될 거나. 그래서 그저 혼자서 궁리해 본 일이란다. 숨 끊어지는 날 바로 못 내다 묻으면 주검하고 산 사람들이 방 하나뿐 아니냐. 먼 데서 온 느그들도 그렇고……. 그래서 꼭 찬바람이나 막고 궁둥이 붙여 앉을 방 한 칸만 어떻게 늘여 봤으면 했더니라마는…… 그게 어디 맘 같은 일이더냐. 이도 저도 다 늙고 속없는 늙은이 노망길 테이제……."

노인의 소망은 바로 그 당신의 죽음에 대한 대비에서 비롯된 것이었다.

알 만한 노릇이었다. 살림이 망조 나고 옛 살던 동네를 나와 떠돌기 시작하면서부터 언제나 당신의 죽음에 대한 대비를 게을리 해 오지 않던 노인이었다. 동네 뒷산 양지바른 언덕 아래다 마을 영감 한 분에게 당신의 집터(노인은 당신의 무덤 자리를 늘 그렇게 말했다)를 미리 얻어 놓고 겨울철에도 날씨가 좋으면 그곳을 찾아가 따뜻한 햇볕을 즐기고 온다던 노인이었다. 이제 노인은 그 당신의 죽음에 대해서 마지막 준비를 서두르고 있는 것이었다. 나는 아무래도 더 노인의 이야기를 엿듣고 있을 수가 없었다. 발길을 움직여 소리 없이 자리를 피해 버리고 싶었다.

한데 그때였다. 공연히 쓸데없는 일에 감동을 잘하는 아내마저 이번에는 아무래도 견딜 수가 없어진 모양이었다.

"전에 사시던 집은 터도 넓고 칸 수도 많았다면서요?"

아내가 느닷없이 화제를 바꾸고 나섰다. 별달리 노인을 달랠 말이 없으니까, 지나간 일이나마 그렇게 넓게 살던 옛집의 기억을 상기시켜서라도 노인을 위로하고 싶어진 것 같았다. 그것은 노인도 한때 번듯한 집 살림을 해 온 기억을 되돌이키게 함으로써 기분을 바꾸게 해 드리고 싶어서이기도 했겠지만 그 외에도 그것은 또 언제나 가난한 살림만을 보고 가게 하는 부끄러운 며느리 앞에 당신의 자존심을 얼마간이나마 되살려 내게 할 가외의 효과도 있을 수 있었다. 어쨌거나 나는 일단 자리를 피해야 할 필요가 없어지고 있었다.

"옛날 살던 집이야, 크고 넓었제. 다섯 칸 겹집에다 앞뒤 터가 운동장이었더라……. 하지만 이제 와서 그게 다 무슨 소용이냐. 남의 집 된 지가 20년이 다 된 것을……."

"그래도 어머님은 한때 그런 좋은 집도 살아 보셨으니 추억은 즐거운 편이 아니겠어요? 이 집이 답답하고 짜증 나실 땐 그런 기억이라도 되살려 보세요."

"기억이나 되살려서 어디다 쓰게야. 새록새록 옛날 생각이 되살아나다 보면 그렇지 않아도 심사가 어지러운 것을."

"하긴 그러실 거예요. 그렇게 넓은 집에 사셨던 생각을 하시면 지금 사시는 형편이 더 짜증스러워지시기도 하시겠죠. 뭐니뭐니 해도 지금 형편이 이렇게 비좁은 단칸방 신세가 되고 마셨으니 말씀예요……."

노인과 아내는 잠시 그렇게 위론지 넋두린지 분간이 가지 않는 소리들을 주고받고 있었다. 한동안 그렇게 오가는 이야기를 듣다 보니, 나는 그 아내의 동기가 다시 조금씩 의심스러워지기 시작하고 있었다. 아내의 말투는 그저 노인을 위로하기 위해서가 아니었다. 노인을 위로하기 위해서라기보다는 당신의 심기를 점점 더 불편스럽게 해 드리고 있었다. 노인에게 옛집을 상기시켜 드리려는 것은 노인의 불편스런 심기를 주저앉히기보다는 오늘을 더욱 더 비참스럽게 느껴지게 만들고 있었다. 집을 고쳐 짓고 싶은 노인의 그 은밀스런 소망을 자꾸만 밖으로 후벼 대고 있었다. 아내의 목적은 차라리 그쪽에 있었던 것 같았다.

아내에 대한 나의 판단은 과연 크게 빗나가지 않았다.

"방이 이렇게 비좁은데 그럼 어머니 이 옷장이라도 어디 다른 데로 좀 내놓을 순 없으세요? 이 옷장을 들여놓으니까 좁은 방이 더 비좁지 않아요."

아내는 마침내 내가 가장 거북스럽게 시선을 피해 오던 곳으로 화제를 끌어들이고 있는 것이었다.

바로 그 옷궤 이야기였다. 17, 8년 전, 고등학교 일 학년 때였다. 술버릇이 점점 나빠져 가던 형이 전답을 팔고 선산을 팔고, 마침내는 그 아버지 때부터 살아온 집까지 마지막으로 팔아넘겼다는 소식을 들었다. K시에서 겨울방학을 보내고 있던 나는 도대체 일이 어떻게 되어 가는지나 알아보고 싶어 옛 살던 마을을 찾아가 보았다. 집을 팔아 버렸으니 식구들을 만나게 될 기대는 없었지만, 그래도 달리 소식을 알아볼 곳이 있었기 때문이었다. 어스름을 기다려 살던 집 골목을 들어서니 사정은 역시 K시에서 듣고 온 대로였다. 집은 텅텅 비어진 채였고 식구들은 어디론가 간 곳이 없었다. 나는 다시 골목 앞에 살고 있던 먼 친척 누님을 찾아갔다. 그런데 그 누님의 말을 들으니 노인이 뜻밖에 아직 나를 기다리고 있다는 것이었다.

"여기가 어디냐. 네가 누군디 내 집 앞 골목을 이렇게 서성대고 있어야 하더란 말이냐."

한참 뒤에 어디선가 누님의 소식을 듣고 달려온 노인이 문간 앞에서 어정어정 망설이고 있는 나를 보고 다짜고짜 나무랐다. 행여나 싶어 노인을 따라 문간을 들어섰으나 집이 팔린 것은 분명해 보였다.

그날 밤 노인은 옛날과 똑같이 저녁을 지어 내왔고, 거기서 하룻밤을 함께 지냈다. 그리고 이튿날 새벽 일찍 K시로 나를 다시 되돌려 보냈다. 나중에야 안 일이었지만 노인은 거기서 마지막으로 내게 저녁밥 한 끼를 지어 먹이고 당신과 하룻밤을 재워 보내고 싶어, 새 주인의 양해를 얻어 혼자서 나를 기다리고 있었다는 것이었다. 언젠가 내가 다녀갈 때까지는 그 하룻밤만이라도 내게 옛집의 모습과 옛날의 분위기에 자고 가게 해 주고 싶어서였는지 모른다. 하지만 문간을 들어설 때부터 집안 분위기는 이사를 나간 빈집이 분명했었다.

한데도 노인은 그때까지 그 빈집을 매일같이 드나들며 먼지를 떨고 걸레질을 해 온 것이었다. 그리고 그때 노인은 아직 집을 지켜 온 흔적으로 안방 한쪽에다 이불 한 채와 옷궤 하나를 예대로 그냥 남겨 두고 있었다.

이튿날 새벽 K시로 다시 길을 나설 때서야 비로소 집이 팔린 사실을 시인해 온 노인의 심정으로는 그날 밤 그 옷궤 한 가지나마 옛집 살림살이의 흔적으로 남겨서 나의 괴로운 잠자리를 위로하고 싶었음이 분명했던 것이다.

그러한 내력이 숨겨져 온 옷궤였다.

떠돌이 살림에 다른 가재 도구가 없어서 그랬겠지만 이 20년 가까이를 노인이 한사코 함께 간직해 온 옷궤였다.

그만큼 또 나를 언제나 불편스럽게 만들어 온 물건이었다. 노인에게 빚이 없음을 몇 번씩 스스로 다짐하고 있다가도 그 옷궤만 보면 무슨 액면가 없는 빚 문서를 만난 듯 기분이 새삼 꺼림칙스러워지곤 하던 물건이었다.

이번에도 물론 마찬가지였다. 노인의 방을 들어선 순간에 벌써 기분을 불편스럽게 해 오던 옷궤였다. 그리고 끝내는 이틀 밤을 못 넘기고 길을 다시 되돌아갈 작정을 내리게 한 것도 알고 보면 바로 그 옷궤의 허물이 컸을지 모른다.

아내도 물론 그 옷궤에 관한 내력을 내게로부터 들을 만큼 듣고 있었다.

아내가 옷궤의 내력을 알고 있는 여자라면, 그 옷궤에 관한 나의 기분도 짐작을 못할 그녀가 아니었다. 아내는 일부러 그 옷궤 이야기를 꺼낸 것이었다. 혹은 바깥에서 내가 두 사람의 이야기를 엿듣고 있는 걸 알고서 하는 소리일 수도 있었다.

나는 어느새 그 콧속을 후비는 못된 버릇이 되살아날 만큼 긴장을 하고 있었다. 생각지도 않았던 곳에서 갑자기 묵은 빚 문서가 튀어나올 것 같은 조마조마한 기분이었다. 노인이 치사하여 그 묵은 빚 문서로 나를 궁지로 몰아넣으려 덤빌 수도 있었다.

– 그래 보라지. 누가 뭐래도 내겐 절대로 빚진 게 없으니까. 그래 본들 없는 빚이 생길 리가 있을라구.

나는 거의 기구를 드리듯 눈을 감고 기다렸다.

하지만 다행스러운 것은 아직도 그 무심스러워 보이기만 한 노인의 대꾸였다.

"옷궤를 내놓으면 몸에 걸칠 옷가지는 다 어디다 간수하고야? 어디다 따로 내놓을 데가 있는 것도 아니지만, 그걸 어디다 내놓을 데가 생긴다고 해도 그것 말고는 옷가지 나부랭일 간수해 둘 데는 있어얄 것 아니냐."

알고 그러는지 모르고 그러는지 노인은 그리 그 옷궤 쪽에는 신경을 쓰고 있지 않은 것 같았다.

"옷이야 어떻게 못을 박아 걸더라도, 사람이 우선 좀 발이라도 뻗고 누울 자리가 있어야잖아요. 이건 뭐 사람보다도 옷장을 모시는 꼴이지 뭐예요."

아내는 거의 억지를 부리고 있었다.

옷궤에 대한 노인의 집착심을 시험해 보기 위한 수작인 것이 분명했다.

"그건 네가 모르는 소리다. 그 옷궤라도 하나 없으면 이 집을 누가 사람 사는 집이라 할 수 있겄냐. 사람 사는 집 흔적으로 해서라도 그건 집 안에 지녀야 할 물건이다."

"어머님은 아마 저 옷장에 그럴 만한 사연이 있으신가 보군요. 시집올 때 해 오신 건가요?"

노인의 나이가 너무 높다 보니 아내는 때로 그 노인 앞에 손주딸처럼 버릇이 없어지기도 했지만 이번에는 숫제 장난기 한가지였다.

"내력은 무슨……."

노인은 이제 그것으로 그만 입을 다물어 버리고 말았다. 옷궤 이야기는 더 이상 들추고 싶지가 않은 모양이었다.

하지만 아내도 이젠 그쯤에서 호락호락 물러설 여자가 아니었다. 노인이 입을 다물어 버리자 아내도 그만 거기서 할 말을 잃은 듯 잠시 침묵을 지키고 있더니 이윽고는 다시 공세를 펴기 시작했다.

"하긴 어쨌거나 어머님 마음이 편하진 못하시겠어요. 뭐니뭐니 해도 옛날에 사시던 집을 지켜 오시는 게 최선이었는데 말씀예요. 도대체 그 집은 어떻게 해서 팔리게 되었어요?"

다시 그 집 얘기였다. 그 역시 모르고 묻는 소리가 아니었다. 아내는 그 옷궤의 내력과 함께 집이 팔리게 된 사정에 대해서도 모두 알고 있었다. 하면서도 그녀는 다시 노인에게 그것을 되풀이시키려 하고 있었다. 옷궤를 구실로 그 노인의 소망을 유인해 내려는 그녀 나름의 노력의 연장이었다.

하지만 노인의 태도도 아직은 아내에 못지않게 끈질긴 데가 있었다.

"집이 어떻게 팔리기는……. 안 팔아도 좋을 집을 장난 삼아서 팔았을라더냐. 내 집 지니고 살 팔자가 못 돼 그리된 거제……."

알고도 묻는 소릴 노인은 또 노인대로 내력을 얼버무려 넘기려고 하였다.

"그래도 사정은 있었을 거 아녜요? 그 집 지을 때 돌아가신 아버님이 몹시 고생을 하셨다고 하던데요."

"집이야 참 어렵게 장만한 집이었지야. 남같이 한 번에 지어 올린 집이 아니고 몇 해에 걸쳐서 한 칸씩 두 칸씩 살림 형편 좇아서 늘여 간 집이었더니라. 그렇게 마련한 집이 결국은 내 집이 못 되고……. 하지만 이제 그런 소린 해서 다 뭣을 하겄냐. 어차피 내 집이 못 될 운수라 그리된 일을 이런 소리 곱씹는다고 팔려 간 집 다시 내 집이 되어 돌아올 것도 아니고……."

"하지만 그리 어렵게 장만한 집이라 애석한 생각이 더할 게 아녜요. 지금 형편도 그럴 수밖에 없고요. 어떻게 되어 그리되고 말았는지 그때 사정이라도 좀 말씀해 보세요."

"그만둬라, 다 소용없는 일이다. 그리고 이제는 세월이 흘러서 기억도 많이 희미해진 일이고……."

한사코 이야기를 피하려는 노인에게 아내는 마침내 마지막 수단을 동원하고 있었다.

"좋아요. 어머님께선 아마 지난 일을 저까지 공연히 속을 상하게 할까 봐 그러시는 모양인데요, 그래도 별로 소용이 없으세요. 저도 사실은 이야기를 대강 다 들어 알고 있단 말씀예요."

"이야기를 들어? 누구한테서?"

노인이 비로소 조금 놀라는 기미였다.

"그야 물론 저 사람한테지요."

노인의 물음에 아내가 대답했다. 눈에는 보이지 않지만, 밖에서 엿듣고 있는 나를 지목한 말투가 분명했다. 그렇다면 그녀는 벌써부터 밖에서 엿듣고 있는 나의 낌새를 알아차리고 있었음이 분명해 보였다.

"제가 알고 있는 건 그 집을 팔게 된 사정뿐만도 아니에요. 어머님께서 저 사람한테 그 팔려 간 집에서 마지막 밤을 지내게 해 주신 일도 모두 알고 있단 말씀예요. 모른 척하고 있기는 했지만 저 옷장 말씀예요, 그날 밤에도 어머님은 저 헌 옷장 하나를 집 안에다 아직 남겨 두고 계셨더라면서요. 아직도 저 사람한텐 어머님이 거기서 살고 계신 것처럼 보이시려고 말씀이에요."

아내는 목소리가 왠지 떨려 나오고 있었다.

"그렇담 어머님, 이제 좀 속 시원히 말씀이라도 해 보세요. 혼자서 참아 넘기시려고만 하지 마시고 말씀이라도 하셔서 속을 후련히 털어 놔 보시란 말씀이에요. 저흰 어머님 자식들 아닙니까. 자식들한테까지 어머님은 어째서 그렇게 말씀을 참아 넘기시려고만 하세요."

아내의 어조는 이제 거의 울먹임에 가까웠다.

노인도 이젠 어찌할 수가 없는지 한동안 묵묵히 대꾸가 없었다.

나는 온통 입안의 침이 다 마르고 있었다. 노인의 대꾸가 어떻게 나올지 숨도 못 쉰 채 노인의 다음 말만 기다리고 있었다.

하지만 그 아내나 나의 조바심하고는 아랑곳도 없이 노인은 끝내 심기를 흩트리지 않았다.

"그래 그 아그(아이)도 어떻게 아직 그날 밤 일을 잊지 않고 있더냐?"

"그래요. 그리고 그날 밤 어머님은 저 사람이 집을 못 들어가고 서성대고 있으니까 아직도 그 집이 안 팔린 것처럼 저 사람을 안으로 데려다가 저녁까지 한 끼 지어 먹이셨다면서요?"

"그럼 됐구나. 그렇게 죄다 알고 있는 일을 뭣하러 한사코 나한테 되뇌게 하려느냐."

"저 사람은 벌써 잊어 가고 있거든요. 저 사람한테선 진짜 얘기를 들을 수도 없고요. 사람이 독해서 저 사람은 그런 일 일부러 잊어요. 그래 이번엔 어머님한테서 진짜 이야길 듣고 싶은 거예요. 저 사람 얘기 말고 어머님의 그날 밤 진짜 심정을 말씀이에요."

"심경이나 마나 저하고 별다른 대목이 있었을라더냐. 사세부득해서 팔았다곤 하지만 아직은 그래도 내 발길이 끊이지 않은 집인데,

그 집을 놔두고 그 아그가 그래 발길을 주춤주춤 어정대고 서 있더구나……."

아내의 성화를 견디다 못해 노인은 결국 마지못한 어조로 그날 밤 일을 되돌이키고 있었다. 그러나 그 노인의 어조에는 아직도 여전히 그날 밤의 심사가 실려 있지 않은 채였다.

"그래 저를 나무래서 냉큼 집 안으로 데리고 들어갔더니라. 그리고 더운밥 지어 먹여서 그 집에서 하룻밤을 재워 가지고 동도 트기 전에 길을 되돌려 떠나보냈더니라……."

"그래 그때 어머님 마음이 어떠셨어요?"

"마음이 어떻기는야. 팔린 집이나마 거기서 하룻밤 저 아그를 재워 보내고 싶어 싫은 골목 드나들며 마당도 쓸며 걸레질도 훔치며 기다려 온 에미였는데, 더운밥 해 먹이고 하룻밤을 재우고 나니 그만만 해도 한 소원은 우선 풀린 것 같더라."

"그래 어머님은 흡족한 기분으로 아들을 떠나보내셨다는 그런 말씀이시겠군요. 하지만 정말로 그게 그렇게 될 수가 있었을까요? 어머님은 정말로 그렇게 흡족한 마음으로 아들을 떠나보내실 수 있으셨을까 말씀이에요. 아들은 다시 학교로 돌아가는 길이었다 하더라도 어머님 자신은 그때 변변한 거처 하나 마련해 두시질 못하셨을 처지에 말씀이에요."

"나더러 또 무슨 이야길 더 하라는 것이냐."

"그때 아들을 떠나보내실 때 어머님 심경을 듣고 싶어요. 객지 공부 가는 아들을 그런 식으로 떠나보내시면서 어머님 자신도 거처가 없이 떠도셔야 했던 그때 처지에서 어머님이 겪으신 심경을 말씀예요.”

“그만두거라. 다 쓸데없는 노릇이니라. 이야기를 한들 그때 마음이야 네가 어찌 다 알아들을 수가 있겠냐.”

노인은 다시 이야기를 사양했다.

그러나 그 체념기가 완연한 노인의 어조에는 아직도 혼자 당신의 맘속으로만 지녀 온 어떤 이야기가 남아 있는 것 같았다.

나는 이제 더 이상 기다리고만 있을 수가 없었다. 아내는 나의 이런 기미를 다 눈치챘을지라도 노인만은 아직 그걸 알지 못하고 있었다. 노인의 말을 그쯤에서 그만 중단시켜야 했다. 아내가 어떻게 나온다 하더라도 내게까지 그것을 알게 하고 싶지는 않을 노인이었다. 내 앞에선 더 이상 노인의 이야기가 계속될 수가 없었다.

나는 이윽고 헛기침을 한 번 하고서 그 노인의 눈길이 닿고 있는 장지문 앞으로 모습을 불쑥 드러내고 나섰다.

위험한 고비는 그럭저럭 모두 지나가고 있었다.

저녁상을 들일 때 노인은 언제나처럼 막걸리 한 되를 가져오게 하였다. 형의 술버릇 때문에 집안 꼴이 그 지경이 되었는데도 노인은 웬일로 내게 술 걱정을 그리 하지 않았다. 집에만 가면 당신이 손수 막걸리 한 되씩을 미리 마련해다 주곤 하던 것이다.

—한잔 마시고 잠이나 자거라.

그러면서 언제나 잠을 자기를 권하는 것이었다.

이날 저녁도 마찬가지였다.

"그래, 정 내일 아침으로 길을 나설라냐?"

저녁상이 들어왔을 때 노인은 조심스런 목소리로 그렇게 한마디 나의 의견을 물어 왔을 뿐이었다.

"가야 할 일이 있으니까 가겠다는 거 아니겠어요."

나는 노인에게 공연히 짜증기가 치민 목소리로 퉁명스럽게 대꾸했다.

노인은 그것으로 그만이었다.

"그래 알았다. 저녁하고 술이나 한잔하고 일찍 쉬거라."

아침부터 먼 길을 나서려면 잠이라도 일찍 자 두라는 것이었다. 나는 말없이 노인을 따랐다. 저녁 겸해서 술 한 되를 비우고 그리고 술기를 못 견디는 사람처럼 일찌감치 잠자리를 펴고 누웠다.

형수님이 조카들을 데리고 잠자리를 찾아 나가자 이날 밤도 우리는 세 사람 합숙이었다.

어쨌거나 이제 위태로운 고비는 그럭저럭 거의 다 넘겨 가고 있는 셈이었다. 눈을 붙였다 깨고 나면 그것으로 모든 건 끝나는 것이었다. 지붕이고 옷궤고 더 이상 신경을 쓸 일이 없어진다. 노인에게 숨겨진 빚 문서가 있을까. 하지만 이날 밤만 무사히 넘기고 나면 노인의 빚 문서도 그것으로 영영 휴지가 되는 것이다.

–잠이나 자자. 빚이고 뭐고 잠들면 그만이다. 노인에게 빚은 내가 무슨 빚이 있단 말인가…….

나는 제법 홀가분한 기분으로 눈을 감고 잠을 청했다. 술기 탓인지 알알한 잠기운이 이내 눈꺼풀을 덮어 왔다.

그렇게 얼마쯤 아늑한 졸음기 속을 헤매고 난 때였을까. 나는 웬 일인지 문득 잠기가 서서히 엷어져 가고 있었다. 그리고 아직도 그 어렴풋한 선잠기 속에 도란도란 조심스런 노인의 말소리가 들려오고 있었다.

"그날 밤이야말로 갑자기 웬 눈이 그리도 많이 내렸던지 잠을 잤으면 얼마나 잤겠느냐마는 그래도 잠시 눈을 붙였다가 새벽녘에 일어나 보니 바깥이 왼통 환한 눈 천지로구나……. 눈이 왔더라도 어쩔 수가 있더냐. 서둘러 밥 한술씩을 끓여다가 속을 덥히고 그 눈길을 서둘러 나섰더니라……."

나는 다시 정신이 번쩍 들고 말았다. 어찌 된 일인지 노인이 마침내 그날 밤 이야기를 아내에게 가닥가닥 털어놓고 있는 중이었다.

"처지가 떳떳했으면 날이라도 좀 밝은 다음에 길을 나설 수 있었으련만, 그땐 아직도 그리 처지가 부끄럽고 저주스럽기만 했던지……. 그래 할 수 없이 새벽 눈길을 둘이서 나섰지만, 시오 리나 되는 장터 차부까지 산길이 멀기는 또 얼마나 멀더라냐."

기억을 차근차근 더듬어 나가고 있는 노인의 몽롱한 목소리는 마치 어린 손주 아이에게 옛 얘기라도 들려주고 있는 할머니의 그것처럼 아늑한 느낌마저 깃들이고 있었다.

아내가 결국엔 노인을 거기까지 유도해 냈음이 분명했다.

—이야기를 한들 네가 어찌 다 알아들을 수가 있겠냐…….

낮결에 노인이 말꼬리를 한 가닥 깔고 넘은 기미를 아내가 무심히 들어 넘겼을 리 없었다.

그날 밤 – 아니 그날 새벽 – 아내에겐 한번도 들려준 일이 없는 그날 새벽의 서글픈 동행을, 나 자신도 한사코 기억의 피안으로 사라져 가 주기를 바라 오던 그 새벽의 눈길의 기억을 노인은 이제 받아 낼 길이 없는 묵은 빚 문서를 들추듯 허무한 목소리로 되씹고 있었다.

"날은 아직 어둡고 산길은 험하고, 미끄러지고 넘어지면서도 차부까지는 그래도 어떻게 시간을 대어 갈 수가 있었구나……."

이야기를 듣고 있는 나의 머릿속에도 마침내 그날의 정경이 손에 닿을 듯 역력히 떠올랐다. 어린 자식 놈의 처지가 너무도 딱해서였을까. 아니 어쩌면 노인 자신의 처지까지도 그 밖엔 달리 도리가 없었을 노릇이었는지 모른다. 동구 밖까지만 바래다주겠다던 노인은 다시 마을 뒷산의 잿길까지만 나를 좀 더 바래 주마 우겼고, 그 잿길을 올라선 다음에는 새 신작로가 나설 때까지만 산길을 함께 넘어가자 우겼다. 그럴 때마다 한차례씩 애시린 실랑이를 치르고 나면 노인과 나는 더 이상 할 말이 있을 수가 없었다. 아닌 게 아니라 날이라도 좀 밝은 다음이었으면 좋았겠는데, 날이 밝기를 기다려 동네를 나서는 건 노인이나 나나 생각을 않았다. 그나마 그 어둠을 타고 마을을 나서는 것이 노인이나 나나 마음이 편했다. 노인의 말마따나 미끄러지고 넘어지면서, 내가 미끄러지면 노인이 나를 부축해 일으키고, 노인이 넘어지면 내가 당신을 부축해 가면서, 그렇게 말없이 신작로까지 나섰다. 그러고도 아직 그 면소 차부까지는 길이 한참이나 남아 있었다. 나는 결국 그 면소 차부까지도 노인과 함께 신작로를 걸었다.

아직도 날이 밝기 전이었다.

하지만 그러고 우리는 어찌 되었던가.

나는 차를 타고 떠나가 버렸고, 노인은 다시 그 어둠 속의 눈길을 되돌아선 것이다.

노인이 그 후 어떻게 길을 되돌아갔는지는 나로서도 아직 들은 바가 없었다. 노인을 길가에 혼자 남겨 두고 차로 올라서 버린 그 순간부터 나는 차마 그 노인을 생각하기가 싫었고, 노인도 오늘까지 그날의 뒷얘기는 들려준 일이 없었던 것이다. 한데 노인은 웬일로 오늘사 그날의 기억을 돌이키고 있는 것이었다.

"어떻게 어떻게 장터 거리로 들어서서 차부가 저만큼 보일 만한 데까지 가니까 그때 마침 차가 미리 불을 켜고 차부를 나오는구나. 급한 김에 내가 손을 휘저어 그 차를 세웠더니, 그래 그 운전수란 사람들은 어찌 그리 길이 급하고 매정하기만 한 사람들이더냐. 차를 미처 세우지도 덜하고 덜크렁덜크렁 눈 깜짝할 사이에 저 아그를 훌쩍 실어 담고 가 버리는구나."

"그래서 어머님은 그때 어떻게 하셨어요?"

잠잠히 있던 아내가 모처럼 한마디를 끼어들고 있었다.

나는 갑자기 다시 노인의 이야기가 두려워지고 있었다. 자리를 차고 일어나 다음 이야기를 가로막고 싶었다. 하지만 나는 이미 그럴 수가 없었다. 사지가 말을 들어주지 않았다. 온몸이 마치 약을 먹은 것처럼 무겁게 가라앉아 있었다. 몸을 어떻게 움직여 볼 수가 없었다. 형언하기 어려운 어떤 달콤한 슬픔, 달콤한 피곤기 같은 것이 나를 아늑히 감싸 오고 있었다.

"어떻게 하기는야. 넋이 나간 사람마냥 어둠 속에 한참이나 찻길만 바라보고 서 있을 수밖에야……. 그 허망한 마음을 어떻게 다 말할 수가 있을거나……."

노인은 여전히 옛 얘기를 하듯 하는 그 차분하고 아득한 음성으로 그날의 기억을 더듬어 나갔다.

"한참 그러고 서 있다 보니 찬바람에 정신이 좀 되돌아오더구나. 정신이 들어 보니 갈 길이 새삼 허망스럽지 않았겠냐. 지금까진 그래도 저하고 나하고 둘이서 헤쳐 온 길인디 늙은 것 혼자서 그 길을 되돌아서려니……. 거기다 아직도 날은 어둡지야…… 그대로는 암만해도 길을 되돌아설 수가 없어 차부를 찾아 들어갔더니라. 한 식경이나 차부 안 나무 걸상에 웅크리고 앉아 있으려니 그제사 동녘 하늘이 훤해져 오더구나……. 그래서 또 혼자 서두를 것도 없는 길을 서둘러 나섰는디, 그때 일만은 언제까지도 잊혀질 수가 없을 것 같구나."

"길을 혼자 돌아가시던 그때 일을 말씀이세요?"

"눈길을 혼자 돌아가다 보니 그 길엔 아직도 우리 둘 말고는 아무도 지나간 사람이 없지 않았겠냐. 눈발이 그친 그 신작로 눈 위에 저하고 나하고 둘이 걸어온 발자국만 나란히 이어져 있더구나."

"그래서 어머님은 그 발자국 때문에 아들 생각이 더 간절하셨겠네요."

"간절하다 뿐이겄냐. 신작로를 지나고 산길을 들어서도 굽이굽이 돌아온 그 몹쓸 발자국들에 아직도 도란도란 저 아그의 목소리나 따뜻한 온기가 남아 있는 듯만 싶었제. 산비둘기만 푸르륵 날아올라도 저 아그 넋이 새가 되어 다시 되돌아오는 듯 놀라지고, 나무들이 눈을 쓰고 서 있는 것만 보아도 뒤에서 금세 저 아그 모습이 뛰어나올 것만 싶어졌지야. 그래서 나는 굽이굽이 외지기만 한 그 산길을 저 아그 발자국만 따라 밟고 왔더니라. 내 자석아, 내 자석아, 너하고 나하고 둘이 온 길을 이제는 이 몹쓸 늙은 것 혼자서 너를 보내고 돌아가고 있구나!"

"어머님 그때 우시지 않았어요?"

"울기만 했겄냐. 오목오목 디뎌 놓은 그 아그 발자국마다 한도 없는 눈물을 뿌리며 돌아왔제. 내 자석아, 내 자석아, 부디 몸이나 성히 지내거라. 부디부디 너라도 좋은 운 타서 복 받고 살거라…….
눈앞이 가리도록 눈물을 떨구면서 눈물로 저 아그 앞길만 빌고 왔제……."

노인의 이야기는 이제 거의 끝나 가고 있는 것 같았다. 아내는 이제 할 말을 잊은 듯 입을 조용히 다물고 있었다.

"그런데 그 서두를 것도 없는 길이라 그렁저렁 시름없이 걸어온 발걸음이 그래도 어느 참에 동네 뒷산을 당도해 있었구나. 하지만 나는 그 길로는 차마 동네를 바로 들어설 수가 없어 잿등 위에 눈을 쓸고 아직도 한참이나 시간을 기다리고 앉아 있었을 게다……."

"어머님도 이젠 돌아가실 거처가 없으셨던 거지요."

한동안 조용히 입을 다물고 있던 아내가 이제 더 이상 참을 수가 없어진 듯 갑자기 노인을 채근하고 나섰다. 그녀의 목소리는 이제 울먹임 때문에 떨리고 있었다.

나 역시도 이젠 더 그 노인을 참을 수가 없었다. 이제나마 노인을 가로막고 싶었다. 아내의 추궁에 대한 그 노인의 대꾸가 너무도 두려웠다. 노인의 대답을 들을 수가 없었다. 하지만 그 역시도 불가능한 일이었다.

나는 아직도 눈을 뜰 수가 없었다. 불빛 아래 눈을 뜨고 일어날 수가 없었다. 사지가 마비된 듯 가라앉아 있는 때문만이 아니었다. 졸음기가 아직 아쉬워서도 아니었다. 눈꺼풀 밑으로 뜨겁게 차오르는 것을 아내와 노인 앞에 보일 수가 없었다. 그것이 너무도 부끄러웠기 때문이었다. 아내는 이미 그러는 나를 알고 있었던 모양이었다.

"여보, 이젠 좀 일어나 보세요. 일어나서 당신도 말을 좀 해 보세요."

그녀가 느닷없이 나를 세차게 흔들어 깨웠다. 그녀의 음성은 이제 거의 울부짖음에 가까운 것이었다. 그래도 나는 일어날 수가 없었다. 뜨거운 것을 숨기기 위해 눈꺼풀을 꾹꾹 눌러 참으면서 내처 잠이 든 척 버틸 수밖에 없었다.

음성이 아직 흐트러지지 않고 있는 건 오히려 그 노인뿐이었다.

"가만두거라. 아침 길 나서기도 피곤할 것인디 곤하게 자고 있는 사람 뭣하러 그러냐."

노인은 일단 아내의 행동을 말려 두고 나서 아직도 그 옛 얘기를 하는 듯한 아득하고 차분한 음성으로 당신의 남은 이야기를 끝맺어

가고 있었다.

"하지만 이것만은 네가 잘못 안 것 같구나. 그때 내가 뒷산 잿등에서 동네를 바로 들어가지 못하고 있었던 일 말이다. 그건 내가 갈 데가 없어 그랬던 건 아니란다. 산 사람 목숨인데 설마 그때라고 누구네 문간방 한 칸에라도 산 몸뚱이 깃들일 데 마련이 안 됐겠냐. 갈 데가 없어서가 아니라 아침 햇살이 너무 눈에 시리더구나. 그때는 벌써 동네 아래까지 햇살이 퍼져 들어 있는디, 눈에 덮인 그 우리 집 지붕까지도 햇살 때문에 볼 수가 없더구나. 더구나 동네에선 아침 짓는 연기가 한참인디 그렇게 시린 눈을 해 갖고는 그 햇살이 부끄러워 차마 어떻게 동네 골목을 들어설 수가 있더냐. 그놈의 말간 햇살이 부끄러워져서 그럴 엄두가 안 생겨나더구나. 시린 눈이라도 좀 가라앉히자고 그래 그러고 앉아 있었더니라……."

《눈길》(문학과지성사, 1997)

가대 물건 따위를 얹어 놓기 위하여 밑을 받쳐 세운 구조물.

가치 이가 빠진 자리에 만들어 박은 가짜 이.

감득하다 느껴서 알다.

개초 이엉(초가집의 지붕이나 담을 이기 위하여 짚이나 새 따위로 엮은 물건)으로 지붕을 이는 것.

내친걸음 이왕에 시작한 일.

단걸음에 단숨에. 쉬지 아니하고 곧장.

단자리 지금 일이 이루어지는 그곳.

도당 함석. 표면에 아연을 도금한 얇은 철판.

뗏장 흙이 붙어 있는 상태로 뿌리째 떠낸 잔디의 조각.

무연스럽다 크게 낙심하여 허탈해 하거나 멍하다.

사세부득 어쩔 수 없는 상황 때문에 그렇게 할 수밖에 없는 일.

선걸음 이미 내디뎌 걷고 있는 그대로의 걸음.

섭생 병에 걸리지 아니하도록 건강관리를 잘하는 것.

성주 가정에서 모시는 신의 하나. 집의 건물을 수호하며, 가신(家神) 가운데 맨 윗자리를 차지한다.

알속 겉으로 드러나는 헛것을 털어 버리고 남은 실속.

장죽 긴 담뱃대.

장지문 옛날식 가옥에서, 마루와 방 사이의 문이나 부엌의 바깥문인 지게문에 칸을 막아 끼우는 장지 짝을 덧들인 문.

주벽 술버릇.

청맹과니 사리에 밝지 못하여 눈을 뜨고도 사물을 제대로 분간하지 못하는 사람을 비유적으로 이르는 말.

통일벼 단위당 수확량이 많은 벼 품종의 하나.

풍년초 잎담배 썬 것을 봉지에 넣어 파는 담배. 곰방대에 넣어 피우거나 신문지에 말아 피운다.

한동자 끼니를 마친 후에 새로 밥을 짓는 일.

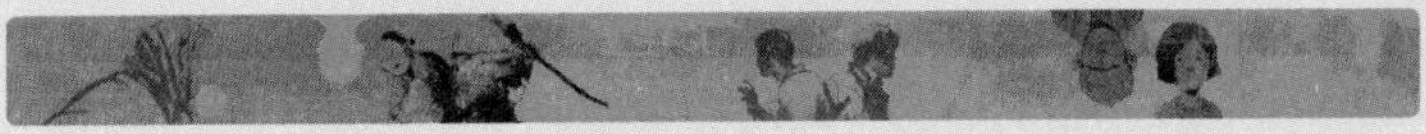

1 성장하는 동안 '나'의 가족에게 어떤 일이 있었는지 정리해 봅시다.

2 '나'가 자신의 어머니를 노인이라고 말하며, 자꾸만 빚이 없다고 말하는 까닭이 무엇인지 이야기해 봅시다.

3 '지붕 개량'과 '옷궤'라는 제재를 '나'와 노인의 입장에서 각각 해석해 봅시다.

4 아내는 왜 어머니에게 굳이 지나간 일을 떠올리고 말하게 하는지 그 의도를 이야기해 봅시다.

5 다음 장면에서 '나'와 노인의 부끄러움은 어떻게 다른지 이야기해 봅시다.

- 눈꺼풀 밑으로 뜨겁게 차오르는 것을 아내와 노인 앞에 보일 수가 없었다. 그것이 너무도 부끄러웠기 때문이었다.
- 동네에선 아침 짓는 연기가 한참인디 그렇게 시린 눈을 해 갖고는 그 햇살이 부끄러워 차마 어떻게 동네 골목을 들어설 수가 있더냐. 그놈의 말간 햇살이 부끄러워서 그럴 엄두가 안 생겨나더구나.

여름휴가차 아내와 함께 시골 어머니 댁에 들렀던 '나'는 다음 날 점심을 먹다 말고 내일 올라가겠다고 말했다. 지난밤 노인이 꺼낸 지붕 개량 이야기가 '나'의 심기를 불편하게 한 탓이었다. 관에서 주도하여 지붕 개량 사업을 벌이고 있는데, 대부분의 집들이 공사를 마쳤다고 했다. 노인의 집은 워낙 형편없어서 그대로 기와를 얹을 수는 없고, 이참에 기둥도 갈고 방도 한 칸 더 넓혔으면 하는데 돈이 많이 들어가는 일은 아니라는 이야기를 들으니 왠지 묵은 빚 문서가 나올 것 같은 불길한 생각이 들었다. '나'는 노인에게 빚이 없다는 생각을 자꾸 환기해 보는데 아내는 '나'의 이런 태도를 못마땅해 한다.

밖에서 집으로 들어가던 '나'는 방에서 아내와 노인이 나누는 얘기를 듣게 되었다. 노인은 자신이 죽은 뒤에 장례 치를 일을 생각하면 방 한 칸쯤 늘였으면 좋겠다는 생각을 하기도 했다는 얘기를 한다. 아내는 노인에게 옛날에 살던 집이며, 옷궤에 얽힌 얘기를 해 달라고 조른다.

K시로 나가 공부하고 있던 '나'가 고등학교 일학년 때, 형의 술버릇이 고약해지면서 논밭이며 집까지 팔았다는 소문을 듣고 집으로 간 적이 있다. 노인은 이미 팔린 집이지만 '나'에게 마지막으로 그 집에서 밥 한 끼를 해 먹이고 싶어 주인에게 양해를 구해서 기다리고 있었다. 그때 옛집의 분위기가 나도록 방 안에 놔 둔 것이 그 옷궤였다.

노인이 저녁상과 함께 내온 막걸리 한 되를 마시고 '나'는 일찌감치 잠자리에 들었으나 잠결에 노인과 아내가 나누는 대화를 듣고 정신이 번쩍 들었다. 노인은 옛집에서의 마지막 밤 얘기를 이어 가고 있었다. 그날 밤에는 눈이 많이 내렸지만 남들 눈에 띄지 않기 위해 새벽같이 길을 나섰다. 노인이 우겨서 결국 차부까지 같이 갔다. '나'는 버스에 몸을 얹은 뒤의 일을 전혀 모르고, 알려고도 하지 않았다. 노인은 '나'를 보낸 뒤 동이 틀 때까지 차부 나무 의자에 앉아 있다가 둘이 왔던 길을 되짚어 오면서, 발자국마다 눈물을 뿌리며 '나'의 앞길을 빌었다고 했다. 그리고 동네 뒷산에 이르러 바로 마을로 들어서지 못하고 한참을 앉아 있었다고 했다. 아침 햇살이 부끄러워 차마 동네로 바로 들어설 수가 없었다고 했다. 노인의 이야기를 들으면서 '나'는 눈꺼풀 밑으로 뜨겁게 차오르는 것을 노인과 아내에게 보일 수 없어서 눈꺼풀을 꾹꾹 눌러 참으며 잠든 척 버티고 있었다.

객지에 나가서 공부하던 '나'는 집안이 파산하면서 힘겹게 살았다. 어머니는 부모 몫을 할 형편이 못 되었고, '나'도 제 앞가림하기에 바빠 자식 도리를 할 엄두를 못 냈다. 그래서 서로 주고받을 것이 없는 처지라고 '나'는 생각했다. 그런 처지를 환기시키기 위해서인지 '나'는 줄곧 어머니를 노인이라고 부른다. 그러나 빚이 없다고 애써 강조하고 있지만 미처 알지 못했던 빚 문서가 튀어 나올 것 같아 자꾸 마음이 불편해진다. 특히 좁은 방에 어울리지 않는 옷궤를 보면 더욱 그렇다. 어머니에게는 아마도 옷궤가 사람 사는 흔적의 상징으로 '나'에게 집 같은 분위기를 느끼게 해 줄 수 있는 것이었겠지만 '나'는 그걸 생각하면 액면가 없는 빚 문서를 보는 기분이다. 결국 아내가 보채서 지금까지 '나'가 모르던 이야기를 어머니에게서 듣는다. '나'가 떠난 뒤 눈길을 혼자 걸으며 눈물로 '나'의 앞길을 빌었다는 얘기를 들으면서 줄곧 빚이 없다고 다짐하던 '나'는 부끄러움의 눈물을 흘린다. 어머니는 아침 햇살이 부끄러워 바로 동네로 들어가지 못했다고 한다. 부모 노릇 제대로 하지 못해 하늘에 부끄러웠던 어머니, 그런 어머니에게 갚아야 할 빚이 없다고 자부해 왔던 '나'는 마침내 부끄러움을 주체할 수 없게 된다. '나'가 줄곧 생각해 왔던 물질적인 액면가 있는 빚이란 어쩌면 사소하고도 보잘것없는 것일 뿐이었다.

복덕방
이태준

철석, 앞집 판장 밑에서 물 내버리는 소리가 났다. 주먹구구에 골독했던 안 초시에게는 놀랄 만한 폭음이었던지, 다리 부러진 돋보기 너머로, 똑 모이를 쪼으려는 닭의 눈을 해 가지고 수챗구멍을 내다본다. 뿌연 뜨물에 휩쓸려 나오는 것이 여러 가지다. 호박 꼭지, 계란 껍질, 거피해 버린 녹두 껍질.

"녹두 빈자떡을 부치는 게로군, 흥……."

한 오륙 년째 안 초시는 말끝마다 '젠-장……'이 아니면 '흥!' 하는 코웃음을 잘 붙이었다.

"추석이 벌써 낼모레지! 젠-장……."

안 초시는 저도 모르게 입맛을 다시었다. 기름내가 코에 풍기는 듯 대뜸 입 안에 침이 흥건해지고, 전에 괜찮게 지낼 때 충치니 풍치니 하던 것은 거짓말이었던 것처럼 아래윗니가 송곳 끝같이 날카로워짐을 느끼었다.

안 초시는 그 날카로워진 이를 빈 입인 채 빠드득 소리가 나게 한 번 물어 보고 고개를 들었다.

하늘은 천리같이 트였는데 조각구름들이 여기저기 널리었다. 어떤 구름은 깨끗이 바래 말린 옥양목처럼 흰빛이 눈이 부시다. 안 초시는 이내 자기의 때 묻은 적삼 생각이 났다. 소매를 내려다보는 그의 얼굴은 날래 들리지 않는다. 거기는 한 조박의 녹두 빈자나 한 잔의 약주로써 어쩌지 못할, 더 슬픔과 더 고적함이 품겨 있는 것 같았다.

혹 혹 소매 끝을 불어 보고 손끝으로 튀겨 보기도 하다가 목침을 세우고 눕고 말았다.

"이사는 팔하고 사오는 이십이라 천이 되지…… 가만…… 천이라? 사로 했으니 사천이라 사천 평…… 매 평에 아주 줄여 잡아 오 환씩만 하게 돼두 사 환 칠십오 전씩이 남으니, 그럼…… 사사는 십육, 일만 육천 환하구……."

안 초시가 다시 주먹구구를 거듭해서 얻어 낸 총액이 일만 구천 원, 단 천 원만 들여도 일만 구천 원이 되리라는 셈속이니, 만 원만 들이면 그게 얼만가? 그는 벌떡 일어났다. 이마가 화끈해졌다. 도사렸던 무릎을 얼른 곧추세우고 뒤나 보려는 사람처럼 쪼그렸다. 마코갑이 번연히 빈 것인 줄 알면서도 다시 집어다 눌러 보았다. 주머니에는 단돈 십 전, 그도 안경다리를 고친다고 벌써 세 번짼가 네 번째 딸에게서 사오십 전씩 얻어 가지고는 번번이 담뱃값으로 다 내어 보내고 말던 최후의 십 전. 안 초시는 주머니에 손을 넣어 그것을 집어내었다. 백통화 한 푼을 얹은 야윈 손바닥, 가만히 떨리었다. 서 참의(徐參議)의 투박한 손을 생각하면 너무나 얇고 잘망스러운 손이거니 하였다. 그러나 이따금 술잔은 얻어먹고, 이렇게 내 방처럼 그의 복덕방에서 잠까지 빌려 자건만 한 번도, 집 거간이나 해 먹는 서 참의의 생활이 부럽지는 않았다. 그래도 언제든지 한 번쯤은 무슨 수가 생기어 다시 한 번 내 집을 쓰게 되고, 내 밥을 먹게 되고, 내 힘과 내 낯으로 다시 한 번 세상에 부딪혀 보려니 믿어졌다.

초시는 전에 어떤 관상쟁이의 '엄지손가락을 안으로 넣고 주먹을 쥐어야 재물이 나가지 않는다'는 말이 생각났다. 늘 그렇게 쥐노라고는 했지만 문득 생각이 나서 내려다볼 때는, 으레 엄지손가락이 얄밉도록 밖으로만 쥐어져 있었다. 그래 드팀전을 하다가도 실패를 하였고, 그래 집까지 잡혀서 장전을 내었다가도 그만 화재를 보았거니 하는 것이다.

"이놈의 엄지손가락아, 안으로 좀 들어가아, 젠 — 장."

하고 연습 삼아 엄지손가락을 먼저 안으로 넣고 아프도록 두 주먹을 꽉 쥐어 보았다. 그리고 당장 내어보낼 돈이면서도 그 십 전짜리를 그렇게 쥔 주먹에 단단히 넣고 담배 가게로 나갔다.

이 복덕방에는 흔히 세 늙은이가 모이었다.

언제, 누가 와서, 집 보러 가잘지 몰라, 늘 갓을 쓰고 앉아서 행길을 잘 내다보는, 얼굴 붉고 눈방울 큰 노인은 주인 서 참의다. 참의로 다니다가 합병 후에는 다섯 해를 놀면서 시기를 엿보았으나 별수가 없을 것 같아서 이럭저럭 심심파적으로 갖게 된 것이 이 가옥 중개업이었다. 처음에는 겨우 굶지 않을 만한 수입이었으나 대정 팔구 년 이후로는 시골 부자들이 세금에 몰려, 혹은 자녀들의 교육을 위해 서울로만 몰려들고, 그런 데다 돈은 흔해져서 관철동, 다옥정 같은 중앙 지대에는 그리 고옥만 아니면 만 원대를 예사로 훌훌 넘었다. 그

판에 봄가을로 어떤 달에는 삼사백 원 수입이 있어, 그러기를 몇 해를 지나 가회동에 수십 간의 집을 세웠고 또 몇 해 지나지 않아서는 창동 근처에 땅을 장만하기 시작하였다. 지금은 중개업자도 많이 늘었고 건양사 같은 큰 건축 회사가 생기어서 당자끼리 직접 팔고 사는 것이 원칙처럼 되어 가기 때문에 중개료의 수입은 전보다 훨씬 준 셈이다. 그러나 이십여 간 집에 학생을 치고 싶은 대로 치기 때문에 서 참의의 수입이 없는 달이라고 쌀값이 밀리거나 나무 값에 졸릴 형편은 아니다.

"세상은 먹구 살게는 마련야……."

서 참의가 흔히 하는 말이다. 칼을 차고 훈련원에 나서 병법을 익힐 때는, 한번 호령만 하고 보면 산천이라도 물러설 것 같던 그 기개와 오늘의 자기, 한낱 가쾌(家儈)로 복덕방 영감으로 기생, 갈보 따위가 사글셋방 한 간을 얻어 달래도 네 – 네 – 하고 따라나서야 하는, 만인의 심부름꾼인 것을 생각하면 서글픈 눈물이 아니 날 수도 없는 것이다. 워낙 술을 즐기기도 하지만 어떤 때는 남몰래 이런 감회를 이기지 못해서 술집에 들어선 적도 여러 번이다.

그러나 호반〔武人〕들의 기개란 흔히 혈기에서 나오는 것이기 때문인지 몸에서 혈기가 줆을 따라 그런 감회를 일으킴조차 요즘은 적어지고 말았다. 하루는 집에서 점심을 먹다 듣노라니 무슨 장사치의 외는 소리인데 이상히 귀에 익은 목청이 들렸다. 자세히 귀를 기울이니 점점 가까이 오는 소리인데 제법 무엇을 사라는 소리가 아니라 "유리병이나 간장통 팔거 – 쏘 –"하는 소리이다. 그런데 그 목청이 보면 꼭 알 사람 같아 일어서 마루 들창으로 내어다보니, 이번에는 "가마니나 신문 잡지나 팔거 – 쏘 –" 하면서 가마니 두어 개를 지고 한 손에는 저울을 들고 중노인이나 된 사람이 지나가는데 아는 사람은 확실히 아는 사람이다. 그러나 그를 어디서 알았으며 성명이 무엇이며 애초에는 무엇을 하던 사람인지가 감감해지고 말았다.

"오 – 라! 그렇군…… 분명……."

하고 그는 한참 만에 고개를 끄덕이었다. 그 유리병과 간장통을 외는 소리가 골목 안으로 사라져 갈 즈음에야 서 참의는 그가 누구인 것을 깨달아 낸 것이다.

"동관(同官) 김 참의…… 허!"

나이는 자기보다 훨씬 연소하였으나 학식과 재기가 있는 데다 호령 소리가 좋아 상관에게 늘 칭찬을 받던 청년 무관이었었다. 이십여 년 뒤에 들어도 갈 데 없이 그 목청이요 그 모습이었다. 전날의 그를 생각하고 오늘의 그를 보니 적이 감개에 사무치어 밥숟가락을 멈추고 냉수만 거듭 마시었다.

그러나 전에 혈기 있을 때와 달라 그런 기분이 오래 가지는 않았다. 중학교 졸업반인 둘째 아들이 학교에 갔다 들어서는 것을 보고, 또 싸전에서 쌀값 받으러 와 마누라가 선선히 시퍼런 지전을 내어 헤는 것을 볼 때 서 참의는 이내 속으로,

'거저 살아야지 별수 있나. 저렇게 개가죽을 쓰고 돌아다니는 친구도 있는데…… 에헴.'

하였을 뿐 아니라 그런 절박한 친구에다 대면 자기는 얼마나 훌륭한

지체냐 하는 자존심도 없지 않았다.

'지난 일 그까짓 생각할 건 뭐 있나. 사는 날까지…… 허허.'

여생을 웃으며 살 작정이었다. 그래 그런지 워낙 좀 실없는 티가 있는 데다 요즘 와서는 누구에게나 농지거리가 늘어 갔다. 그래 늘 눈이 달리고 뾰로통한 입으로는 말끝마다 젠 ― 장 소리만 나오는 안 초시와는 성미가 맞지 않았다.

"쫌보야, 술 한잔 사 주랴?"

쫌보라는 말이 자기를 업수이 여기는 것 같아서 안 초시는 이내 발끈해 가지고,

"네깟 놈 술 더러워 안 먹는다."

한다.

"화투패나 밤낮 떼면 너이 어멈이 살아 온다뎬?"

하고 서 참의가 발끝으로 화투장들을 밀어 던지면 그만 얼굴이 새빨개져서 쌔근쌔근하다가 부채면 부채, 담뱃갑이면 담뱃갑, 자기의 것을 냉큼 집어 들고 다시 안 올 듯이 새침해 나가 버리는 것이다.

"조게 계집이문 천생 남의 첩감이야."

하고 서 참의는 껄껄 웃어 버리나 안 초시는 이렇게 돼서 올라가면 한 이틀씩 보이지 않았다.

한번은 안 초시의 딸의 무용회 날 밤이었다. 안경화라고, 한동안 토월회에도 다니다가 대판(大阪)에 가 있느니 동경(東京)에 가 있느니 하더니 오륙 년 뒤에 무용가로 이름을 날리며 서울에 나타나게 된 것이다. 바로 제1회 공연 날 밤이었다. 서 참의가 조르기도 했지만, 안

초시도 딸의 사진과 이야기가 신문마다 나는 바람에 어깨가 으쓱해서 공표를 얻을 수 있는 대로 얻어 가지고 서 참의뿐 아니라 여러 친구를 청했던 것이다.

"허! 저기 한가운데서 지금 한창 다릿짓하는 게 자네 딸인가?"

남은 다 멍멍히 앉았는데 서 참의가 해괴한 것을 보는 듯, 마땅치 않은 어조로 물었다.

"무용이란 건 문명국일수록 벗구 한다네그려."

약기는 한 안 초시는 미리 이런 대답을 하였다.

"모르겠네 원…… 지금 총각 놈들은 모두 등신인가 바……."

"왜?"

하고 이번에는 다른 친구가 탄하였다.

"우린 총각 시절에 저런 걸 봤대문 그냥 못 배기네."

"빌어먹을 녀석…… 나잇값을 못 하구. 개야 저건 개……."

벌써 안 초시는 분통이 발끈거려서 나오는 소리였다.

한 가지가 끝나고 불이 환하게 켜졌을 때였다.

"도루, 차라리 여배우 노릇을 댕기라구 그래라. 여배운 그래두 저렇게 넓적다린 내놓구 덤비지 않더라."

"그 자식 오지랖 경치게 넓네. 네가 안방 건넌방이 몇 칸이요나 알았지 뭘 쥐뿔이나 안다구 그래? 보기 싫건 나가렴."

하고 안 초시는 화를 발끈 내었다. 그러니까 서 참의도 안방 건넌방 말에 화가 나서 꽤 높은 소리로,

"넌 또 뭘 아니? 요 쫌보야."

하고 일어서 버리었다.

이 일이 있은 후 안 초시는 거의 달포나 서 참의의 복덕방에 나오지 않았었다. 그런 걸 박희완 영감이 가서 데리고 왔었다.

박희완 영감이란 세 영감 중의 하나로 안 초시처럼 이 복덕방에 와 자기까지는 안 하나 꽤 쏠쏠히 놀러 오는 늙은이다. 아니 놀러 오기만 하는 것이 아니라 와서는 공부도 한다. 재판소에 다니는 조카가 있어 대서업(代書業) 운동을 한다고 《속수 국어 독본(速修國語讀本)》을 노상 끼고 와서 그 《삼국지(三國志)》 읽던 투로,

"긴 – 상 도코 – 에 유끼마스까."

어쩌고를 외고 있는 것이다.

그러나 《속수 국어 독본》 뚜껑이 손때에 절고, 또 어떤 때는 목침 위에 받쳐 베고 낮잠도 자서 머리 때까지 새까맣게 절어 '조선 총독부 편찬'이란 잔 글자들은 보이지 않게 되도록, 대서업 허가는 의연히 나오지 않는 모양이었다.

"너나 내나 다 산 것들이 업은 가져 뭘허니. 무슨 세월에…… 흥!"

하고 어떤 때, 안 초시는 한나절이나 화투패를 떼어 보고 안 떨어지면 그 화풀이로 박희완 영감이 들고 중얼거리는 《속수 국어 독본》을 툭 채어 행길로 팽개치며 그랬다.

"넌 또 무슨 재술 바라구 밤낮 화투패나 떨어지길 바라니?"

"난 심심풀이지."

그러나 속으로는 박희완 영감보다 더 세상에 대한 야심이 끓었다.

딸이 평양으로 대구로 다니며 지방 순회까지 하여서 제법 돈냥이나 걷힌 것 같으나 연구소를 내느라고 집을 뜯어고친다, 유성기를 사 들인다, 교제를 하러 돌아다닌다 하느라고, 더구나 귀찮게만 아는 이 애비를 위해 쓸 돈은 예산에부터 들지 못하는 모양이었다.

"얘? 낡은 솜이 돼 그런지, 삯바느질이 돼 그런지 바지 솜이 모두 치어서 어떤 덴 홑옷이야. 암만해두 사쓸 한 벌 사 입어야겠다."

하고 딸의 눈치만 보아 오다 한번은 입을 열었더니,

"어련히 인제 사 드릴라구요."

하고 딸은 대답은 선선하였으나 샤쓰는 그해 겨울이 다 지나도록 구경도 못 하였다. 샤쓰는커녕 안경다리를 고치겠다고 돈 일 원만 달래도 일 원짜리를 굳이 바꿔다가 오십 전 한 닢만 주었다. 안경은 돈을 좀 주무르던 시절에 장만한 것이라 테만 오륙 원 먹은 것이어서 오십 전만으로 그런 다리는 어림도 없었다. 오십 전짜리 다리도 있지만 살 바에는 조촐한 것을 택하던 초시의 성미라 더구나 면상에서 짝짝이로 드러나는 것을 사기가 싫었다. 차라리 종이 노끈인 채 쓰기로 하고 오십 전은 담뱃값으로 나가고 말았다.

"왜 안경다린 안 고치셨어요?"

딸이 그날 저녁으로 물었다.

"흥……."

초시는 말은 하지 않았다. 딸은 며칠 뒤에 또 오십 전을 주었다. 그러면서 어떻게 들으라고 하는 소리인지,

"아버지 보험료만 해두 한 달에 삼 원 팔십 전씩 나가요."

하였다. 보험료나 타 먹게 어서 죽어 달라는 소리로도 들리었다.

"그게 내게 상관 있니?"

"아버지 위해 들었지 누구 위해 들었게요 그럼?"

초시는 '정말 날 위해 하는 거문 살아서 한 푼이라두 다우. 죽은 뒤에 내가 알 게 뭐냐' 소리가 나오는 걸 억지로 참았다.

"오십 전이문 왜 안경다릴 못 고치세요?"

초시는 설명하지 않았다.

"지금 아버지가 좋구 낮은 걸 가리실 처지야요?"

그러나 오십 전은 또 마코 값으로 다 나갔다. 이러기를 아마 서너 번째다.

"자식도 소용없어. 더구나 딸자식…… 그저 내 수중에 돈이 있어야……."

초시는 돈의 긴요성을 날로 날로 더욱 심각하게 느끼었다.

"돈만 가지면야 좀 좋은 세상인가!"

심심해서 운동 삼아 좀 나다녀 보면 거리마다 짓느니 고층 건축들이요 동네마다 느느니 그림 같은 문화 주택들이다. 조금만 정신을 놓아도 물에서 갓 튀어나온 메기처럼 미끈미끈한 자동차가 등덜미에서 소리를 꽥 지른다. 돌아다보면 운전수는 눈을 부릅떴고 그 뒤에는 금시계 줄이 번쩍거리는, 살진 중년 신사가 빙그레 웃고 앉았는 것이었다.

"예순이 낼모레…… 젠－장할 것."

초시는 늙어 가는 것이 원통하였다. 어떻게 해서나 더 늙기 전에 적게 돈 만 원이라도 붙들어 가지고 내 손으로 다시 한 번 이 세상과 교섭해 보고 싶었다. 지금 이 꼴로서야 문화 주택이 암만 서기로 내게 무슨 상관이며 자동차, 비행기가 개미 떼나 파리 떼처럼 퍼지기로 나와 무슨 인연이 있는 것이냐, 세상과 자기와는 자기 손에서 돈이 떨어진 그 즉시로 인연이 끊어진 것이라 생각하였다.

"그러면 송장이나 다름없지 뭔가?"

초시는 이런 질문을 자신에게 던지는 지가 이미 오래였다.

"무슨 수가 없을까?"

또,

"무슨 그루테기가 있어야 비비지!"

그러다도,

"그래도 돈냥이나 엎질러 본 녀석이 벌기도 하는 게지."

하고, 그야말로 무슨 그루터기만 만나면 꼭 벌기는 할 자신은 가지었다.

그러다가 박희완 영감에게서 들은 말이었다. 관변에 있는 모 유력자를 통해 비밀리에 나온 말인데 황해 연변에 제이의 나진이 생긴다는 말이었다. 지금은 관청에서만 알 뿐이나 축항 용지(築港用地)는 비밀리에 매수되었으므로 머지않아 당국자로부터 공표가 있으리라는 것이다.

"그럼, 거기가 황무진가? 전답들인가?"

초시는 눈이 빨개 물었다.

"밭이라데."

"밭? 그럼 매 평 얼마나 간다나?"

"좀 올랐대. 관청에서 사는 바람에 아무리 시굴 사람들이기루 그만 눈치 없겠나. 그래두 무슨 일루 관청서 사는진 모르거든……."

"그래?"

"그래, 그리 오르진 않었구…… 아마 평당 이십오륙 전씩이면 살 수 있다나 보데. 그러니 화중지병이지 뭘허나 우리가……."

"음……."

초시는 관자놀이가 욱신거리었다. 정말이기만 하면 한 시각이라도 먼저 덤비는 놈이 더 남는 판이다. 나진도 오륙 전 하던 땅이 한번 개항된다는 소문이 나자 당년으로 오륙 전의 백 배 이상이 올랐고 삼사 년 뒤에는, 땅 나름이지만 어떤 요지(要地)는 천 배 이상이 오른 데가 많다.

'다 산 나이에 오래 끌 건 뭐 있나. 당년으로 넘겨두 최소한도 오환씩야 무려할 테지……'

혼자 생각한 초시는,

"대관절 어디란 말야 거기가?"

하고 나앉으며 물었다.

"그걸 낸들 아나?"

"그럼?"

"그 모씨라는 이만 알지. 그리게 날더러 단 만 원이라도 자본을 운동하면 자기는 거기서도 어디어디가 요지라는 걸 설계도를 복사해

낸 사람이니까 그 요지만 산단 말이지. 그리구 많이두 바라지 않어, 비용 죄다 제치구 순이익의 2할만 달라는 거야."

"그럴 테지…… 누가 그런 자국을 일러 주구 구경만 하자겠나……. 2할이라…… 2할……."

초시는 생각할수록 이것이 훌륭한, 그 무슨 그루터기가 될 것 같았다. 나진의 선례도 있거니와 박희완 영감 말이 만주국이 되는 바람에 중국과의 관계가 미묘해지므로 황해 연변에도 으레 나진과 같은 사명을 갖는 큰 항구가 필요할 것은 우리 상식으로도 추측할 바이라 하였다. 초시의 상식에도 그것을 믿을 수 있었다.

오늘은 오래간만에 피죤을 사서, 거기서 아주 한 대를 피워 물고 왔다. 어째 박희완 영감이 종일 보이지 않는다. 다른 데로 자금 운동을 다니나 보다 하였다. 서 참의는 점심 전에 나간 사람이 어디서 흥정이 하나 떨어지느라고인지 아직 돌아오지 않는다. 안 초시는 미닫이 틀 위에서 낡은 화투를 꺼내었다.

"허, 이거 봐라!"

여간해선 잘 떨어지지 않던 거북패가 단번에 똑 떨어진다. 누가 옆에 있어 좀 보아 주었으면 싶었다.

"아무래두 이게 심상치 않어…… 이제 재수가 틔나 부다!"

초시는 반도 타지 않은 피죤을 행길로 내어 던졌다. 출출하던 판에 담배만 몇 대를 피고 나니 목이 컬컬해진다. 앞집 수채에는 뜨물에 떠내려가다 막힌 녹두 껍질이 그저 누렇게 보인다.

"오냐, 내년 추석엔……."

초시는 이날 저녁에 박희완 영감에게서 들은 이야기를 딸에게 하였다. 실패는 했을지라도 그래도 십수 년을 상업계에서 보낸 안 초시라 출자(出資)를 권유하는 수작만은 딸이 듣기에도 딴사람같이 놀라웠다. 딸은 즉석에서는 가부를 말하지 않았으나 그의 머릿속에서도 이내 잊혀지지는 않았던지 다음 날 아침에는 딸 편이 먼저 이 이야기를 다시 꺼내었고, 초시가 박희완 영감에게 묻던 이상으로 시시콜콜히 캐어물었다. 그러면 초시는 또 박희완 영감 이상으로 손가락으로 가리키듯 소상히 설명하였고, 일 년 안에 청장을 하더라도 최소한도로 오십 배 이상의 순이익이 날 것이라 장담하였다.

딸은 솔깃했다. 사흘 안에 연구소 집을 어느 신탁 회사에 넣고 삼천 원을 돌리기로 하였다. 초시는 금시 발복이나 된 듯 뛰고 싶게 기뻤다.

"서 참의 이놈, 날 은근히 멸시했것다. 내 굳이 널 시켜 네 집보다 나은 집을 살 테다. 네깟 놈이 천생 가쾌지 별거냐……."

그러나 신탁 회사에서 돈이 되는 날은 웬 처음 보는 청년 하나가 초시의 앞을 가리며 나타났다. 그는 딸의 청년이었다. 딸은 아버지의 손에 단 일 전도 넣지 않았고 꼭 그 청년이 나서 돈을 쓰며 처리하게 하였다. 처음에는 팩 나오는 노염을 참을 수가 없었으나 며칠 밤을 지내고 나니, 적어도 삼천 원의 순이익이 오륙만 원은 될 것이라, 만 원 하나야 어디로 가랴 하는 타협이 생기어서 안 초시는 으슬으슬 그, 이를테면 사위 녀석격인 청년의 뒤를 따라나섰다.

일 년이 지났다.

모두 꿈이었다. 꿈이라도 아주 악한 꿈이었다. 삼천 원어치 땅을 사 놓고 날마다 신문을 들여다보며 수소문을 하여도 거기는 축항이 된단 말이 신문에도, 소문에도 나지 않았다. 용당포와 다사도에는 땅값이 삼십 배가 올랐느니 오십 배가 올랐느니 하고 졸부들이 생겼다는 소문이 있어도 여기는 감감소식일 뿐 아니라 나중에, 역시, 이것도 박희완 영감을 통해서 알고 보니 그 관변 모씨에게 박희완 영감부터 속아 떨어진 것이었다. 축항 후보지로 측량까지 하기는 하였으나 무슨 결점으로인지 중지되고 마는 바람에 너무 기민하게 거기다 땅을 샀던, 그 모씨가 그 땅 처치에 곤란하여 꾸민 연극이었다.

돈을 쓸 때는 일 원짜리 한 장 만져도 못 봤지만 벼락은 초시에게 떨어졌다. 서너 끼씩 굶어도 밥 먹을 정신이 나지도 않았거니와 밥을 먹으러 들어갈 수도 없었다.

"재물이란 친자 간의 의리도 배추 밑 도리듯 하는 건가?" 탄식할 뿐이었다. 밥보다는 술과 담배가 그리웠다. 물론 안경다리는 그저 못 고치었다. 그러나 이제는 오십 전짜리는커녕 단 십 전짜리도 얻어 볼 길이 없었다.

추석 가까운 날씨는 해마다의 그때와 같이 맑았다. 하늘은 천리같이 트였는데 조각구름들이 여기저기 널리었다. 어떤 구름은 깨끗이 바래 말린 옥양목처럼 흰빛이 눈이 부시다. 안 초시는 이번에도 자기의 때 묻은 적삼 생각이 났다. 그러나 이번에는 소매 끝을 불거나 떨지는 않았다. 고요히 흘러내리는 눈물을 그 더러운 소매로 닦았을 뿐이다.

여름이 극성스럽게 덥더니, 추위도 그럴 징조인지 예년보다 무서리가 일찍 내리었다. 서 참의가 늘 지나다니는 식은 관사(殖銀官舍)에 울타리가 넘게 피었던 코스모스들이 끓는 물에 데쳐 낸 것처럼 시커멓게 죽고 말았다.

참의는 머리가 띵 – 하였다. 요즘 와서 울기 잘하는 안 초시를 한 번 위로해 주려, 엊저녁에는 데리고 나와 청요릿집으로, 추탕집으로 새로 두 점을 치도록 돌아다닌 때문 같았다. 조반이라고 몇 술 뜨기는 했으나 혀도 그냥 빽빽하다. 안 초시도 그럴 것이니까 해는 벌써 오정 때지만 끌고 나와 해장술이나 먹으려고 부지런히 내려와 보니, 웬일인지 복덕방이라고 쓴 베 발이 아직 내어 걸리지 않았다.

"이 사람 봐아…… 어느 땐 줄 알구 코만 고누……."

그러나 코 고는 소리는 들리지 않았다. 미닫이를 밀어젖힌 서 참의는 정신이 번쩍 났다. 안 초시의 입에는 피, 얼굴은 잿빛이다.

"아니……?"

참의는 우선 미닫이를 닫고 눈을 비비고 초시를 들여다보았다. 안 초시는 벌써 아니요, 안 초시의 시체일 뿐이었다. 방 안을 둘러보니 무슨 약병 하나가 굴러져 있었다.

참의는 한참 만에야 눈물이 나왔다.

"어쩌누 이걸……."

파출소로 갈까 하다 그래도 자식한테 먼저 알려야겠다 하고 말만 듣던 그 '안경화 무용 연구소'를 찾아가서 안경화를 데리고 왔다. 딸이 한참 울고 난 뒤이다.

"관청에 어서 알려야지?"

"앗으세요."

하고 그 딸은 펄쩍 뛰었다.

"앗으라니?"

"제 명예도 좀……."

하고 그는 애원하였다.

"안될 말이지, 명옐 생각하는 사람이 애빌 저 모양으루 세상 떠나게 해?"

"……."

안경화는 엎드려 다시 울었다. 그러다가 나가려는 서 참의의 다리를 끌어안고 놓지 않았다. 그리고 "절 살려 주세요." 소리를 몇 번이나 거듭하였다.

"그럼, 비밀은 내가 지킬 테니 나 하자는 대루 할까?"

"네."

서 참의는 다시 앉았다.

"부친 위해 보험 든 거 있지?"

"네 간이 보험이야요."

"무슨 보험이든…… 얼마나 타누?"

"사백팔십 원요."

"부친 위해 들었으니 부친 위해 다 써야지?"

"그럼요."

"그럼…… 돌아간 이가 늘 속사쓸 입구퍼 했어. 좋은 털사쓰를 사다 입히구, 그 우에 진견으로 수의 일습 잘 허구…… 선산이 있나, 묻힐 데가?"

"웬걸요, 없어요."

"그럼 공동묘지라도 특등지루 널찍하게 사구…… 장례식을 잘하게 해야 말이지, 초라하게 해 버리면 내가 그저 안 있을 게야. 알아들어?"

"네에."

하고 안경화는 그제야 핸드백을 열고 눈물 젖은 얼굴을 닦았다.

안 초시의 소위 영결식이 그 딸의 연구소 마당에서 열리었다.

서 참의와 박희완 영감은 술이 거나하게 취해 갔다. 박희완 영감이 무얼 잡혀서 가져왔다는 부의(賻儀) 이 원을 서 참의가,

"장례비가 넉넉하니 자네 돈 그 계집애 줄 거 없네."

하고 우선 술집에 들러 거나하게 곱빼기들을 한 것이다.

영결식장에는 제법 반반한 조객들이 모여들었다. 예복을 차리고 온 사람도 두엇 있었다. 모두 고인을 알아 온 것이 아니요, 무용가 안경화를 보아 온 사람들 같았다. 그중에는, 고인의 슬픔을 알아 우는 사람인지, 덩달아 기분으로 우는 사람인지 울음을 삼키느라고 끅끅하는 사람도 있었다. 안경화도 제법 눈이 젖어 가지고 신식 상복이라

나 공단 같은 새까만 양복으로 관 앞에 나와 향불을 놓고 절하였다. 그 뒤를 따라 한 이십 명 관 앞에 와 꾸벅거리었다. 그리고 무어라고 지껄이고 나가는 사람도 있었다.

그들의 분향이 거의 끝난 듯하였을 때,

"에헴!"

하고 얼굴이 시뻘건 서 참의도 나섰다. 향을 한 움큼이나 집어 놓아 연기가 시커멓게 올려 솟더니 불이 일어났다. 후－후－불어 불을 끄고, 수염을 한 번 쓰다듬고 절을 했다. 그리고 다시,

"헴……."

하더니 조사(弔辭)를 하였다.

"나 서 참일세, 알겠나? 흥…… 자네 참 호사야…… 호살세. 잘 죽었느니. 자네 살았으문 이런 호살 해 보겠나? 인전 안경다리 고칠 걱정두 없구…… 아무튼지……."

하는데 박희완 영감이 들어서더니,

"이 사람 취했네그려."

하며 서 참의를 밀어냈다.

박희완 영감도 가슴이 답답하였다. 분향을 하고 무슨 소리를 한마디 했으면 속이 후련히 트일 것 같아서 잠깐 멈칫하고 서 있어 보았으나,

"으흐흙……."

하고 울음이 먼저 터져 그만 나오고 말았다.

서 참의와 박희완 영감도 묘지까지 나갈 작정이었으나 거기에 모

인 사람들이 하나도 마음에 들지 않아 도로 술집으로 내려오고 말았다.

《조광》 1937년 3월호

가쾌 집 흥정을 붙이는 일을 직업으로 가진 사람.

갈보 남자들에게 몸을 파는 여자를 속되게 이르는 말.

거간 사고파는 사람 사이에 들어 흥정을 붙임.

거피하다 콩, 팥, 녹두 따위의 껍질이나 소, 돼지, 말 따위의 가죽을 벗기다.

골독하다 골똘하다. 한 가지 일에 온 정신을 쏟아 딴 생각이 없다.

대서업 남을 대신하여 관청 행정이나 법률 행위에 필요한 서류를 작성하여 주고 보수를 받는 직업.

대정 일본 다이쇼 천황 시대의 연호. 1912년에서 1926년까지 사용하였다.

대판 일본 '오사카'를 우리 한자음으로 읽은 이름.

드팀전 예전에, 온갖 옷감을 팔던 가게.

뜨물 곡식을 씻어 내 부옇게 된 물.

멍멍히 정신이 빠진 것같이 어리벙벙하게.

발복 운이 틔어서 복이 닥침. 또는 그 복.

부의 상가에 부조로 보내는 돈이나 물품.

심심파적 심심풀이. 심심함을 잊고 시간을 보내기 위해 어떤 일을 함.

일습 옷, 그릇, 가구 따위의 한 벌. 또는 그 전부.

잘망스럽다 보기에 하는 행동이나 모양새가 잘고 얄미운 데가 있다.

장전 장롱 따위의 세간을 만들어 파는 가게.

적삼 윗도리에 입는 홑옷. 모양은 저고리와 같다.

조박 조각.

조촐하다 외모나 모습 따위가 말쑥하고 맵시가 있다.

주먹구구 손가락으로 꼽아서 하는 셈.

청장 장부를 청산한다는 뜻으로, 빚 따위를 깨끗이 갚음을 이르는 말.

축항 항구를 만듦.

토월회 우리나라의 신극 극단. 1922년에 일본 도쿄 유학생인 박승희, 김을한, 김기진 등이 중심이 되어 구성한 것으로, 신파극에 대항하여 본격적인 근대극 운동을 펼쳤다.

판장 널빤지로 친 울타리.

1 소설 속 세 노인이 처해 있는 상황을 정리해 봅시다.

2 시대가 급변하고 있음을 보여 주는 것들을 모두 찾아봅시다.

3 안 초시에 대한 안경화의 태도를 정리하고 자신의 생각을 이야기해 봅시다.

4 서 참의와 박희완 영감이 묘지까지 따라가지 않은 이유는 무엇일지 생각해 봅시다.

| 소설 들여다보기 |

복덕방에는 세 노인이 주로 모였다. 주인인 서 참의는 한때 기개 있는 무인이었으나 한일합병 뒤에 할 일이 없어지면서 심심풀이로 가옥 중개업을 하게 되었다. 지난날을 생각하면 한낱 심부름꾼에 불과한 현재의 처지가 서글프기도 하지만 나이가 들어 점차 혈기가 줄고 자기 처지만도 못한 사람들을 위안 삼아 여생을 즐기면서 살려고 한다. 박희완 영감은 대서업을 하기 위해 일본어 공부를 하고 있지만 교재가 손때에 절어 새까맣게 되도록 허가가 나오지 않고 있는 처지다. 또 한 노인인 안 초시는 이런저런 사업에 실패한 뒤 복덕방에서 잠까지 자면서 화투패나 떼는 것이 일상이다. 안 초시의 딸 안경화는 제법 이름을 날리는 무용가지만 셔츠 한 벌 사 주지 않고, 부러진 안경다리를 고쳐 달라는 안 초시의 부탁도 들어주지 않는다.

안 초시는 절실하게 돈이 필요하며, 어떻게 하든 계기만 주어지면 크게 한번 돈을 벌 수 있을 거라는 자신감도 가지고 있다. 그러던 중 박희완 영감에게서 황해 연변이 새로 개발된다는 비밀스런 정보를 얻는다. 자신이 일어설 수 있는 그루터기라고 생각한 안 초시는 딸에게 그 사실을 이야기했고, 딸은 연구소 집을 저당 잡히고 삼천 원을 투자한다. 그러나 그 정보는 유력자 모 씨가 자기의 손해를 만회하기 위해 퍼뜨린 거짓이었다. 안 초시는 이제 딸에게 밥을 먹으러 갈 수도 없게 되었고, 자연히 용돈도 끊어졌다.

무서리가 내린 뒤 어느 날 해장술이라도 같이 먹으려고 복덕방으로 나간 서 참의는 죽어 있는 안 초시와 주변에 구르는 약병 같은 것을 발견한다. 서 참의는 먼저 안경화를 데려온 뒤 관청에도 알리려고 했지만 딸은 자기 명예를 생각해서 봐달라며 매달린다. 결국 딸이 안 초시의 이름으로 든 보험금을 장례비용으로 다 쓰기로 하고 비밀에 부친다. 영결식 날은 딸 안경화의 안면을 보고 찾아온 반반한 조객들이 제법 보였다. 서 참의와 박희완 영감은 부조할 돈으로 술을 마시고 장례식장으로 갔으나 거기 모인 사람들이 마음에 들지 않아서 묘지에는 가지 않았다.

세 노인에게서 시대의 흐름에 밀려난 황혼의 비애가 느껴진다. 자식 교육을 위해 사람들이 서울로 모여 들고, 개발 정보로 부동산 투기를 해서 큰돈을 벌기도 하고, 일본어를 공부해야 대서소라도 할 수 있고, 현대 무용처럼 기존의 풍습으로는 납득하기 어려운 문화가 들어와서 인기를 끌기도 하고, 자식이 부모 이름으로 보험에 들지만 당장 부모 부양에는 인색한 낯선 시대가 닥친 것이다. 이런 시대의 흐름에 점점 뒷전으로 밀려나면서 서 참의처럼 현실을 인정하고 편안한 여생에 목표를 두고 사는 경우도 있지만, 안 초시는 그럴 처지마저 못 된다. 언제 한번 크게 일어설 날을 기대하며 주먹 쥐는 것까지 복을 잃지 않도록 신경 쓰는 안 초시에게 마침내 기회가 찾아온 것처럼 보였지만 그것은 사기였다.

격변기를 살아가는 세 노인을 통해 인간 내면과 세태를 읽는 맛을 느낄 수 있다. 그리고 아버지의 자살이 자신의 명예를 실추시킬 것이라 생각하여 비밀로 하고 엄숙한 장례를 치르는 딸의 모습을 통해 인간의 허위적인 일면을 새삼스럽게 실감할 수 있다.

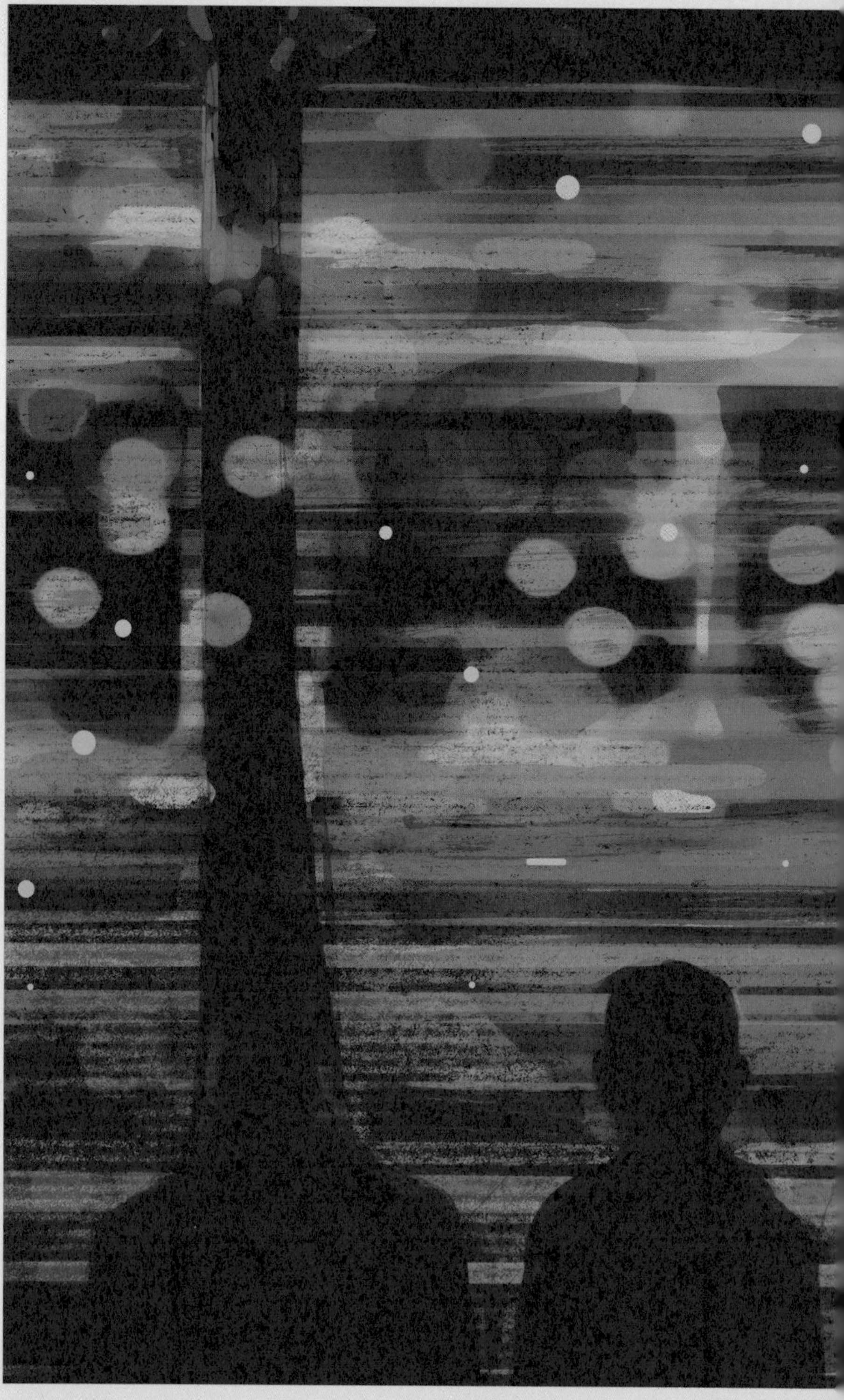

그렇습니까?
기린입니다
박민규

나의 산수

화성인들은 좋겠다. 그해 여름은 너무 무더워, 나는 늘 그런 상념에 젖고는 했다. 상고(商高)의 여름방학은 생각보다 길어서, 그런 상념에라도 빠지지 않으면 견딜 수가 없었다. 긴긴 여름, 게다가 나는 여러 일터를 전전했다. 오후엔 주유소에서, 또 밤에는 편의점에서. 있으나 마나 한 여자애들이 일터마다 있긴 했지만, 있으나 마나 했으므로 지루하긴 마찬가지였다. 비하자면 수성과 금성과, 있으나 마나인 별들을 지나, 지구까지 오던 태양 광선이 나 같은 기분이었을까? 덥지도 않고, 멀고먼, 화성.

일터를 돌다보면 별의별 일을 겪게 마련인데, 모쪼록 그해의 여름이 그러했단 생각이다. 주유소에선 시간당 천오백 원을, 편의점에선 천 원을 받았으므로 나는 늘 불만이 가득했다. 그게 그러니까, 시작 때완 달리 불만이 생기는 것이다. 편의점의 사장은 이러면서 세상을 배운다 – 라고 말했지만, 이천 원씩 받고 배우면 어디가 덧나나? 뭐야, 그럼 당신 자식에겐 왜 팍팍 주는데? 를 떠나서 – 못해도 이천 원 정도의 일은 하고 있다고 나는 늘 생각했다. 글쎄 천 원이라니. 덥기만 덥고, 짜디짠, 지구.

코치 형이 가게를 찾아온 것은 그 무렵의 새벽이었다. 어떠냐? 좋아요. 편의점의 알바 역시 코치 형의 소개로 얻은 것이므로, 좋다고 밖에는 말할 도리가 없었다. 지역의 알바 정보를 한 손에 쥐었다고 할까, 아무튼 그래서 후배들에게 일자릴 소개하고 요모조모 코치하길 좋아하는 인물이었다. 이 얼마나 요긴한가, 나는 카프리썬 하나를 꺼내 그에게 건넸다. 제 돈으로 사는 거예요. 웃으며 말은 했지만 알고나 드세요, 제 인생의 이십오 분이랍니다. 시계를 쳐다보며 나는 생각했다. 지금 일하는 덴 사장이 꼴통이라서 말야…… 오늘도 여자애 허벅질 만졌지 뭐냐…… 나 참…… 그래도 되는 거냐? 되고 말고를 떠나, 허벅질 만진다면 시간당 만 원은 줘야 되는 게 아닌가, 나는 생각했다. 만지는 게 나쁜 게 아니다. 그러고 고작, 천 원을 주는 게 나쁜 짓이다. 적어도 나는, 그렇게 생각했다.

그건 그렇고, 너 푸시업 잘하냐? 푸시업이라뇨? 팔굽혀펴기 말이다. 무조건 잘한다고 나는 대답했다. 그래야 일자리가 생긴다는 건, 그때도 이미 기본 중의 기본이었다. 페이가 세. 시간당 삼천 원인데…… 대신 몸이 좀 힘들어. 삼천 원이요? 앞뒤 잴 것도 없이, 시간당 삼천 원이란 말에 귀가 확 뚫리는 기분이었다. 내 주변에 그런 고부가가치 산업이 존재하고 있었다니. 제의를 받은 사실만으로도, 갑자기 확, 고도 산업 사회의 일원으로 성장한 느낌이었다. 좋구말구요. 비하자면 수성과 금성과 지구를 지나, 비로소 화성에 다다른 태양 광선이 바로 나 같은 기분일까? 있으나 마나에 받으나 마나, 지구여 안녕.

그런 이유로, 나는 푸시맨이 되었다. 좋은 점은 전철을 공짜로 탄다는 것, 팔힘이 세진다는 것, 게다가 다른 알바에 전혀 지장을 안 준다는 거야. 이를테면 여기 일을 마친 다음 슬슬 역에 나가 '한 딱가리' 하면 그만이란 거지. 깔끔해. 공사 소속이니 지불 확실하지, 운동이 되니 밥맛도 좋아, 그러니 잠 잘 자고 주유소 일도 계속 하고…… 코치 형의 코치가 쉬지 않고 이어진 것도 까닭은 까닭이었지만 – 다른 무엇보다 이유는 삼천 원이었다. 요는 짧고 굵게 번다, 이거군요. 그런가? 뭐…… 그런 식으로 생각할 수도 있을까 모르겠군. 코치 형이 어리둥절한 표정을 지었지만, 확실히 그런 식이라고, 나는 생각했다. 그것이 나의 산수(算數)다. 웃건 말건, 세상엔 그런 산수를 하며 살아야 하는 사람이 있다, 있게 마련이다.

미안하구나.

아버진 그렇게 얘기했다. 또 그 소리. 내가 일만 한다 하면 늘 같은 소리였다. 처음엔 들을 만했는데, 결국 들으나 마나가 돼 버린 지 오래다. 나이 마흔다섯에 시간당 삼천오백 원, 즉 그것이 아버지의 산수였다. 여하튼 무슨 상사(商社)에 다녔는데, 여하튼 '무슨 상사'라고 밖에 말할 수 없는 직장이었다. 딱 한 번 나는 그곳을 찾아간 적이 있다. 중학생 때의 일인데 도시락을 갖다 주는 심부름이었다. 약도가 틀렸나? 엄마가 그려 준 약도를 몇 번이고 확인하며, 근처의 골목을 서성이고 서성였다. 간신히 찾아낸 아버지의 사무실은 – 여하튼 그곳에 있기는 한, 그런 사무실이었다. 쥐들이 다닐 것 같은 어둑한 복도와, 형광등과, 칠이 벗겨진 목조의 문. 혹시 외국(外國)인가? 라는 생각이 들 만큼이나 '을씨년'스러운 곳이었다. 깜짝이야, 그런 단어가 머릿속에 있었다니. 넉넉한 환경은 아니어도, 제법 메탈리카 같은 걸 듣던 시절이었다. 그래도 세상은 뭔가 ESP 플라잉브이(메탈리카가 사용한 기타의 모델명)와 같은 게 아닐까, 막연한 생각을 나는 했었다. 했는데, 해서 문을 열고 들어서자 꼬박꼬박 도시락만 먹어 온 얼굴의 아버지가 가냘픈 표정으로 사무를 보고 있었다. 아버지, 저 왔어요.

원래 좀 노는 편이었는데, 이상하게 그날 이후 나는 조용한 소년이 되어 버렸다. 뭐랄까, 그때는 몰랐지만 그 순간 마음속에 '나의 산수'와 같은 게 생겨났기 때문이었다. 아마도 그랬다고, 지금의 나는 생각한다. 그것은 슬픈 일도 기쁜 일도 아니었으며, 누구를 원망할 성질의 것은 더더욱 아니었다. 그저, 말 그대로 수(數)였던 것이다. 말수가 줄어든 대신, 나는 열심히 알바를 하고 돈을 모으기 시작했다. 야, 세상은 한 방이야. 어울리던 친구들이 안쓰럽단 투로 말했지만, 나는 알고 있었다. 결국 이들도, 같은 산수를 할 수밖에 없단 사실을. 넌 뭘 할 건데? 나? 글쎄 요샌 연예계가 어떨까 싶어.

인간에겐 누구나 자신만의 산수가 있다. 그리고 언젠가는 그것을 발견하게 마련이다. 물론 세상엔 수학(數學) 정도가 필요한 인생도 있겠지만, 대부분의 삶은 산수에서 끝장이다. 즉, 높은 가지의 잎을 따 먹듯 – 균등하고 소소한 돈을 가까스로 더하고 빼다 보면, 어느새 삶은 저물기 마련이다, 디 엔드다. 어쩌면 그날 나는 '아버지의 산수' 를 목격했거나, 그 연산(演算)의 답을 보았거나, 혹 그것을 고스란히 물려받았는지도 모를 일이다. 즉, 그런 셈이었다. 도시락을 건네주고, 산수를 받는다. 도시락을 건네주고, 산수를 받았다. 그리고 느낌만으로 '아버지 돈 좀 줘.'와 같은 말을 두 번 다시 하지 않는 인간이 되었다.

참으로, 나의 산수란.

미안하구나. 아버지는 그렇게 얘기했지만, 아버지, 이건 나의 산수예요 라고 나는 생각했다. 정기 적금 정기적금, 또 한 통의 자유 적금. 시급 천오백 원과 천 원이 따로따로 쌓여 가는 통장들을 생각하면, 세상에 힘든 일은 없었다. 말할 것 같으면, 내 주변은 주로 그랬다. 코치 형만 해도 통장이 다섯 개다. 코치 형네엔 아버지가 없지만, 우리 집처럼 병든 할머니가 있는 것도 아니었다. 쌤쌤이다. 어머닌 식당 일을, 그 외엔 말을 안 해 더 이상은 모르겠다. 들은 바, 중학생 때의 코치 형은 본드로 유명한 소년이었다, 한다. 무렵엔 그 말을 도저히 믿을 수 없었다. 그래, 누구나 자신의 산수를 가지고 살아가는 거

겠지. 그러니까

나의, 산수.

지금 열차가 들어오고 있습니다

승객 여러분들은 안전선 밖으로 물러나 주셔야겠지만, 그게 될 리가 없는 것이다. 승객들은 모두 전철을 타야 하고, 전철엔 이미 탈 자리가 없다. 타지 않으면, 늦는다. 신체의 안전선은 이곳이지만, 삶의 안전선은 전철 속이다. 당신이라면, 어떤 곳을 택하겠는가.

처음 열차가 들어오던 그 순간을 나는 잊을 수 없다. 그러니까 열차라기보다는, 공포스러울 정도의 거대한 동물이 파아, 하아. 플랫폼에 기어와 마치 구토물을 쏟아 내듯 옆구리를 찢고 사람들을 토해 냈다. 아아, 절로 신음이 새어 나왔다. 뭔가 댐 같은 것이 무너지는 광경이었고, 눈과 귀와 코를 통해 머리 속 가득 구토물이 차오르는 느낌이었다. 야! 코치 형이 고함을 질러 주지 않았으면, 나는 아마도 놈의 먹이가 되었을 테지. 정신이 들고 보니, 놈의 옆구리가 흥건히 고여 있던 구토물을 다시금 빨아들이고 있었다. 발전(發電)이라도 일어날 기세였다. 힘! 그때 코치 형이 고함을 질렀다. 해서, 엉겁결에 – 영차, 영차 무언가 물컹하거나 무언가 딱딱한 것들을 마구마구 밀어 넣긴 했지만 그것이 무엇이었는지는 지금도 기억나지 않는다. 아니, 어찌 내 입으로 그것이 인류(人類)였다고 말할 수 있겠는가.

정신 차려. 열차가 출발하자 코치 형이 다가와 단단히 주의를 주었다. 네. 심호흡을 크게 했지만 다리가 떨리긴 마찬가지였다. 저 사람들을 사람이라고 생각하지 마. 화물이나, 뭐 그런 걸로 생각하란 말이야. 알겠니? 알겠지? 알겠지, 에서 다시 열차가 들어왔으므로, 나는 새로이 전열을 가다듬었다. 파아, 하아. 의정부행이었던 두 번째 열차는, 아마도 두 배의 사람들이 쏟아져 나오는 느낌이었다. 이건 마치, 전 인류가 아닌가.

그렇게 한 시간이 지나갔다. 정신을 차리고 보니 나는 안전선 밖의, 그러니까 '물러서 주시기 바랍니다' 정도의 지점에 주저앉아 있었다. 그리고 눈앞에는 – 세 개의 넥타이핀과 두 개의 단추, 더불어 부러진 안경다리가 부상병의 목발처럼 뒹굴고 있었다. 뽈테였다. 인류의 분실물들을 수거하며, 나는 비로소 온몸이 땀으로 젖어 있다는 사실을 알 수 있었다. 그러니까, 화성인들은 좋겠다. 참, 좋겠다.

일주일이 그런 식으로 지나갔다. 아침이면 전 인류의 참상을 목격하고, 오전의 짧은 잠, 이어지는 주유소 알바와 밤의 편의점. 온종일 머리 어깨 무릎 발 무릎 발이 아프더니, 다음 날엔 머리 어깨 무릎 발 무릎 발 무릎이 아팠고, 그 다음 날엔 머리 어깨 발 무릎 발 머리 어깨 무릎 귀 코 귀까지가 아프다고 할 정도로, 온몸이 아파 왔다. 이건…… 시간당 삼만 원은 받아야 하는 게 아닌가. 나는 다시 불만에 사로잡혔지만, 지금 관두면 억울하지 않니? 코치 형의 코치도 과연 옳은 말이다 싶어 이를 악물고 출근을 계속했다. 어쩌면 피라미드의 건설 비결도 '억울함'이었는지 모른다. 지금 관두면 너무 억울해. 아마도 노예들의 산수란, 보다 그런 것이었겠지.

이상하게 이를 악물고 일을 하다 보니, 그럭저럭 일에도 재미가 붙기 시작했다. 머리 어깨 무릎 발 무릎 발도 더 이상 아프거나 쑤시지 않았고, 이거야 원, 나는 즐거웠다. 여름의 새벽은 신선했고, 개봉역의 입구에선 대개 코치 형이 담배를 물고 서 있었다. 그리고 큰형(매표소의 직원을 코치 형은 큰형이라 불렀다.)에게서 무임권을 얻는다. 얻고, 플랫폼에 올라선 우리는 어떤 특권처럼 – 라인의 맨 앞쪽에서 열차를 기다린다. 예전의 나였다면, 아마도 어김없이 여덟 번째 출구(집에서 최단 거리여서 항상 서게 되는 위치)의 대기선에서 열차를 기다렸겠지만, 그해 여름 나는 분명히 '푸시맨'이었다. 코치 형을 따라 공손히 인사를 하면, 기관사들은 대개 기관사석이나 차장석의 문을 열어 주었다. 이 얼마나, 근사한 일인가.

사람들은 우리를 전설이라 부른다. 훈시랄까, 아니면 설교랄까 – 숙직실에서 '감독'의 얘기를 듣는 것도 보통 재미가 아니었다. 나이와 경력, 팔뚝의 힘, 투철한 직업관, 그리고 개똥철학…… 모든 면에서 최고참인 그를 우리는 감독이라 불렀다. 실제 푸시맨들의 조장 역을 맡고 있었으므로 감독의 말은 곧 빛이자 생명, 까지는 아니고 아, 예예 였다. 그럼요 그럼요, 요지는 늘 – 우리가 국가 경제의 중추라는 둥, 교통 대란을 막는 네덜란드의 소년(거 왜, 댐을 막았다는)이라는 둥, 하물며 우리 업계의 신화라는 둥. 아, 예예.

시급 삼천 원을 받으며 네덜란드의 소년이 되고 싶진 않았지만, 모두가 수긍하는 감독의 말이 있었다. 그것은 우리가 '일당백'이라는 사실이었다. 정예, 정예, 감독은 늘 일당백의 정예가 아니고선 신도림역 푸시맨의 자격이 없다고 설교를 늘어놓았다. 해서 사람을 미는 요령, 틈 사이에 발이 빠진 사람의 구출 요령, 또 열차 한 량의 정원이랄까 그런 것 – 또 그런가 하면, 갑자기 요새 '오 예스'란 과자가 나왔는데 맛있더라, 너는 '쵸코파이'와 '오 예스' 중 어떤 게 맛있냐고 물어서 사람을 당황케 하는 재주를 가지고 있었다. 하하, 예예.

그리고 많은 일들이 있었다. 어른들 사이에 파묻혀 기절한 어린이가 있었고 도대체 이 기간에 애를 태워 보내는 부모가 어딨어! 흥분한 감독이 부모를 찾았지만, 그런 부모 따위가 열차에 탔을 리 없었다. 숙직실에서 눈을 뜬 어린이는 수학 경시대회에 가야 하는데, 엄마에게 혼나는데, 라며 눈물을 흘렸다. 감독은 부천에서 왔다는 그 어린이에게 자신의 돈으로 콜라와 오 예스를 사 주었다. 막내가 좀 갔다 와라. 감독의, 인생의 삼십 분을 건네받으며 나는 평소와 달리

아, 네, 라고 짧게 끊어 대답했다.

제발…… 지각이에요. 그런 여자도 있었다. 가능한 등이나 어깨를…… 즉 여성의 몸을 함부로 밀기가 아직은 곤란했던 무렵이었다. 그래서 머뭇머뭇 그만 두 대의 열차를 놓쳐 버렸다. 눈앞에서 울음을 터뜨리는데, 난감해서 견딜 수 없었다. 해서 코치 형을 불렀다. 그리고 의정부행이 들어왔는데, 어찌나 사람이 많은지 코치 형조차 여자를 넣는 데 실패했다. 결국 여자를 넣은 것은 감독이었다. 열차 쪽을 보지 마시고, 저를 보세요 저를. 그리고 척 보기에도 가슴 같은 곳을 막 눌러, 쑤욱 밀어 넣었다. 잘 들어. 남자는 앞을 보게 해야 잘 들어가고, 여자는 돌아서게 해야 잘 들어가. 알았지? 왜 그런 겁니까? 하여튼 그래.

푸시맨 하나가 열차 속에 딸려 들어간 적도 있었다. 뒤에 있던 사람들에게 떠밀려, 순식간에 일어난 일이었다. 일어날 수 있는 일이 일어난 것뿐이었는데, 문제는 그 다음이었다. 승객 한 사람이 시비를 걸며 머리를 쥐어박은 것이다. 이유는 간단했다. 평소 이놈들이 싸가지 없이 사람을 민다는 것이었다. 맞은 애도 보통 성질은 아니어서, 그만 사건이 커지고 말았다. 결과는 집단 구타였다. 전치 삼 주. 도망친 승객들은 아무도 잡히지 않았고, 결국 그 친구는 자신의 돈으로 앞니를 해 넣어야 했다. 그리고 아무도, 그 친구를 볼 수 없었다.

대신 나는, 여러 명의 변태를 볼 수 있었다. 또 보진 못해도, 여성의 비명이나 그런 걸 통해 차량의 어느 언저리에 변태가 있음을 알 수 있었다. 한번은 여자의 치마에 정액을 묻히던 사십대가 현장에서 붙잡혔다. 손을 움직일 틈이 있었을까? 그 속에서 그런 짓을 한 것도, 그 와중에 그런 인간을 붙잡은 것도 모두가 대단한 일이라고 나는 생각했다. 많아, 굉장히 많아. 코치 형이 고개를 가로저었다. 그런데 형…… 아무리 그게 좋다 쳐도…… 과연 저 속에 타고 싶을까요? 그건 모르지. 변태의 속사정을 어떻게 알겠니? 갓 경찰로 부임한 친구가 있거든. 그 친구가 그러는데 하루는 알몸의 삼십대 남자가 화단에서 꽃을 먹고 있다는 신고를 받았다지 뭐냐? 꽃, 이라구요? 응, 꽃.

사정(射精)을 하다 붙잡힌 남자는 상습범으로 밝혀졌다. 과묵한 인상에 피부가 매우 흰, 점이 많은 얼굴이었다. 살이 찐 목과 근처의 주름을 따라 연신 땀이 흘러내렸다. 변태 주제에 하와이라도 다녀온 모양이지? 감독이 빈정댔지만 그는 결코 얼굴을 들지 않았다. 다른 이유는 없고, 그저 곁에 선 경찰의 제복에 비해 그의 꽃무늬 알로하 셔츠가 지나치게 아름답기도 해서 – 불현듯 나는 이런 생각을 하게 되었다. 하와이에도 전철이 있을까? 하와이에도 화단에서 꽃을 먹는 알몸의 남자가 있을까? 그리고 하와이에도, 푸시맨들이 있을까? 지구는 둥그니까 자꾸 걸어 나가면, 그러니까 알로하, 오에.

결국 모든 인간은 상습범이 아닐까, 나는 생각했다. 상습적으로 전철을 타고, 상습적으로 일을 하고, 상습적으로 밥을 먹고, 상습적으로 돈을 벌고, 상습적으로 놀고, 상습적으로 남을 괴롭히고, 상습적으로 거짓말을 하고, 상습적으로 착각을 하고, 상습적으로 사람을 만나고, 상습적으로 대화를 나누고, 상습적으로 회의를 열고, 상습적인 교육을 받고, 상습적으로 머리 어깨 무릎 발 무릎 발이 아프고, 상습적으로 외롭고, 상습적으로 섹스를 하고, 상습적으로 잠을 잔다. 그리고 상습적으로, 죽는다. 승일아. 온몸으로 밀어, 온몸으로! 나는 다시 사람들을 밀기 시작했다. 온몸으로, 상습적으로.

8월이 되면서 점점 이력이랄까, 그런 게 붙기 시작했다. 게다가 신참들이 늘어났다. 집단 폭행의 여파도 여파였고, 몸이 힘든 만큼 일을 관두는 숫자도 상당했기 때문이었다. 결국 나는 전철의 중심 쪽으로 점점 위치를 옮겨야 했다. 갈수록 사람들은 많아지고, 밀수록 사람들은 밀려 나왔다. 물론 대우가 좋아지고, 다들 나의 근성을 인정하는 분위기라 어려움은 덜했지만, 정작 어려운 문제는 그런 것이 아니었다. 물론

돈도 좋지만

아침마다 수많은 사람들의 고통을 목격하는 일이 점점 하나의 스트레스로 변해 갔다. 가까스로 문이 닫히면, 으레 유리창에 밀착된 누군가의 얼굴과 대면하기 일쑤였다. 이런 풍선을 봤나, 터질 듯 짓

눌린 볼과 입술을, 또 납작해진 돼지코를 보고 처음엔 배를 잡고 웃었지만, 날이 갈수록 웃음은 사라져 갔다. 좋아요, 다 좋은데 그러니까 당신이 기억하는 인류의 얼굴을 말해 보란 얘기야. 화성의 누군가로부터 그런 추궁을 받는다면 나는 적잖이 고통스러울 것만 같았다. 다른 행성의 존재에게 알려 주기엔, 인류의 몽따주는 얼마나 슬픈 것인가. 지금 열차가 들어오고 있습니다. 파아, 하아. 그래 전철만 다녀라, 은하철도 같은 건 아예 생각지도 말아야 한다. 지금 이대로의, 인류라면 말이다.

결국 또 한 칸 신참에게 자리가 밀려, 나는 여덟 번째 승강구를 맡게 되었다. '8'. 노란색으로 박혀 있는 양각의 숫자를 내려다보다, 나는 문득 '나의 산수'를 떠올렸다. 왜, 이렇게 살아야 하나. 얼핏 바보 같은 생각이 들었지만 산수란 말 그대로 수(數)에 불과한 것이라고, 스스로를 다독여 주었다. 유난히 머리 어깨 무릎 발, 무릎 발이 무겁게 느껴지는 아침이었다. 파아, 하아. 그리고 여전히 열차가 들어오고, 문이 열리고, 누군가가 압력에 의해 튕겨 나왔는데, 그런가 했는데

아버지였다.

뭐랄까, 일이 끝나면 – 옷을 전부 벗어 던지고 근처의 화단으로 가 꽃이라도 뜯어 먹고 싶은 심정이었다. 아, 아버지…… 그런 말을

했는지 안 했는지에 대해선 잘 기억이 나지 않는다. 다만 신설역까지 가야 하는 아버지를, 마치 처음 여자의 몸을 밀 때처럼, 그래서 잘, 못 밀고, 그래도 좀 밀었는데, 잘, 안 들어가고, 그랬다. 열차의 문이 닫혔다. 파아, 하아. 상체를 구부려 무릎에 손을 얹고, 나는 제법 숨을 몰아쉬었다. 파아, 하아. 어색한 표정으로 아버지는 어색해진 넥타이를 고쳐 매고 서 계셨다. 그리고 잠깐, 넥타이를 맬 만큼의 짧은 시간이 그러나 절대 풀리지 않을 매듭으로, 우리 둘 사이를 엮으며 지나갔다. 그것은 무척 이상한 체험이었다. 매듭의 바깥은 더없이 소란스러운데, 아버지와 나 사이엔 우주의 고요, 같은 것이 고여드는 기분이었다. 고요 속에서, 그러나 눈을 못 마주치는 우리의 결계를 넘어, 또다시 안내 방송이 흘러나왔다.

지금 열차가 들어오고 있습니다.

이 부근의 어느 지붕

정말로, 지구가 돈다는 것을 알게 될 때가 있다. 일을 끝내고, 코치 형과 나란히 역사(驛舍)의 벤치에 앉아 있을 때가 더욱 그랬다. 다리를 길게 뻗고 머릴 좀 더 젖히면, 구름이 흘러가는 모습을 보게 되는 것이다. 약간의 현기증이 일기도 하지만, 즉 그래서 아, 지구가 돌고 있구나 라는 사실을 알게 된다. 그 느낌이 나는 좋았다. 그래서 자주, 나는 벤치에 몸을 뉘었다. 아버지를 만난 그날도 그랬다.

승일아…… 이번엔 꼭 타야 한다. 그리고 세 번째 열차가 들어왔는데, 흐름이 좋지 않음을 간파한 감독이 미는 것을 도와주었다. 힘! 힘! 물론 그 화물이 나의 아버지임을 알 리도 없었지만 너무 거침없이 머릴 누르고, 막, 등을 팔굽으로 찧고, 밀고, 그랬다. 들어, 간다. 들어, 갔다. 들릴락 말락, 그리고 그 순간 아버지의 흉곽에서 어떤 미약한 소리 같은 것이 새어 나오는 듯했다. 파아, 하아. 하지만 흉곽을 닫아 열차는 자신의 폐부 속에 아버지의 소릴 가두었고. 나는 더 이상 그 소리의 정체를 확인할 길이 없었다. 아무튼 고작, 러시아워 전철 따위의 폐부에 갇힌 소리나 호흡, 그런 기포와도 같이 – 답답하고

길고, 이상한 여름이었다. 형, 지구가 돌고 있어요. 그러냐? 뭔가 아버지에 대한 얘길 하고 싶었는데, 전혀 뜻밖의 말들만 튀어나왔다. 뭐 좀 마실래? 그리고 코치 형이 뽑아 준 미린다 한 잔을 마시고 그걸로 끝이었다. 그 후로 제법, 자주, 나는 아버지를 보게 되었다. 서서히 서로에게 어떤 면역이 생겨나기도 했지만, 어떤 면역이 생겨도 자체가 즐거울 리 없는 만남이었다. 나는 때로, 제대로 아버지를 밀어 넣기도 했고, 그건 방학이 끝나 갈 무렵이었고, 그런 날이면 언제나 음료수를 뽑아 마셨다. 저 멀리 구름은 흘러가고, 나는 목이 말랐다.

여름은 그렇게 지나갔다. 방학이 끝나면서 푸시맨 생활도 끝이 났

고, 나는 다시 학교로 돌아왔다. 2학기가 시작된 학교는 몹시도 어수선한 분위기였다. 자리가 없어, 이구동성으로 선배들은 얘기했다. 이구동성이 아니어도, 세상의 불황을 누구나 알고 있었다. 자격증도 소용없고, 또, 정보산업고로 개명하면 취업률이 오를 거란 예상도 그러나 모두 루머에 불과한 것이었다. 선배들은 낙심했고, 여전히 구름은 흘러가고, 나는 목이 말랐다. 세상은 하나의 열차다. 한 량의 정원은 180명, 그러나 실은 400명이 타야만 한다 – 답답하고

길고, 이상한 여름은 끝이 났지만 대신 길고, 이상한 가을이 시작되었다. 길고, 이상한 여름은 끝이 났지만 대신 길고, 이상한 가을이 시작되었다. 그래서 9월이 끝나 갈 무렵이었다. 엄마가 쓰러졌다. 상가 건물의 청소 일을 오랫동안 해 왔는데, 과로인지 뭔지 아무튼 쓰러졌다. 다행히 곧장 병원으로 옮겨졌고, 그러나 확실한 원인이 발견된 것은 아니었고, 일단은 신경인지 어딘지가 나빠질 만큼 나빠졌다는 얘기였다. 검사를 계속 해 봅시다. 의사란 사람이, 그렇게 얘기했다. 검사는 계속 해야만 하겠지. 의사란 사람이, 그렇게 말했으니.

병실에 들어서자, 엄마의 손을 잡고 있는 아버지의 모습이 들어왔다. 엄만 어때? 대답 대신 아버지는 말없이 나를 바라보았다. 초원의 복판에서 갑자기 한쪽 다리를 못 쓰게 된 타조처럼 – 멍하고, 어두운 표정이었다. 실은 그 동안 그나마 아주 잘 걸어왔다는, 아니 달려온 거라는 생각이 나도 들었다. 사라질 엄마의 봉급, 여전한 할머

니의 약값, 발생될 엄마의 치료비…… 아버지의 눈동자가 그토록 잿빛이었단 사실을 그때 처음 알았다. 뭐랄까, 전지가 떨어진 계산기의 꺼진 액정과 같은, 그런 잿빛이었다. 이제, 계산이 안 나온다. 나도, 계산이 서질 않았다. 불 꺼진 병원의 비상계단에서, 나는 코치 형에게 전화를 걸었다.

고학을 했던 담임은 비교적 이해심이 많은 인물이었다. 힘내거라. 내가 잘, 처리해 주마. 해서 나는 1교시를 빼먹는 학생이 되었고, 덕분에 다시금 푸시맨 일을 하게 되었다. 나는 다시 전 인류의 물결을 감당해야 했고, 그 속에서 마치 부유하는 미역 줄기와도 같은 아버지를 대면하기 일쑤였다. 맞다, 내 정신을 좀 봐. 아버진 그때 점심을 어떻게 했을까? 굶은 걸까? 즉, 도시락의 무게만큼 가벼워진 아버지를 나는 밀고, 또 밀었다. 그 가을의 찬 바람 속에서 내 손에 밀리던 아버지는 때로 웅크렸고, 때로 늘어졌으며, 때로 파닥이는, 그런 느낌이었다. 문득, 아침 바람 찬 바람에 울고 가는 저, 기러기.

코치 형은 이런저런 알바 자리들을 서슴없이 나에게 인계해 주었다. 고마워 형. 나는 목각(木刻)의 기러기 인형처럼 딱딱하게 고마움을 표했지만, 실은 울고 싶은 심정이었다. 새로 전지를 갈아 끼운 계산기의 액정에서, 새롭고 소소한 액수의 숫자들이 깜빡깜빡 빠르게 점멸하는 나날이었다. 그런 느낌이었다. 어느 날 거울을 보다가, 그런 잿빛의 눈동자를 나는 보았다. 아버지와 색이 같은 두 개의 동심원,

나는 결국 아버지의 연산(演算)이었다. 3.1415926535897…… 그리고

편의점의 사장과 트러블이 있었다. 돈을 안 줘서, 그래서 달라고 했는데, 점점 수작이 떼먹는 수작이었다. 옥신각신하던 차에 그만 밀었는데, 나도 놀랄 만큼이나 한참을 날아갔다. 되려 허릴 다쳤다는 둥, 고소를 한다는 둥 난리를 쳤는데 이 역시 코치 형이 해결해 주었다. 작은 소리로 잠시 얘길 했을 뿐인데, 사장이 나오더니 돈을 주었다. 아니, 뿌렸다. 줍자. 너무나 담담한 코치 형이 없었더라면, 또 한 바탕 푸시를 할 뻔했었다. 액수는 맞니? 천 원이 모자라요. 저기, 천 원 모자랍니다. 코치 형이 크게 소리 질렀다.

이상하게 그 날 아침 – 나는 아버지를 아주 거칠게, 그렇게, 밀었다. 부끄럽지만, 그런 기분이었다. 아마도 땅바닥에 떨어진 돈을 한 장 한 장 주워서겠지, 그래서겠지. 애써 자위를 해 봤자 기분이 좋을 리 없었다. 승일아, 잠깐만…… 잠깐만. 아주 잠깐, 아버지의 신음이 내 귓속을 비집고 들었지만 이상하게도 아무런 느낌이 없었다. 아버지, 잘 다녀오세요.

잘 다녀온 아버지는, 그러나 그날 밤 이런저런 사정들을 나에게 털어놓았다. 요는, 산수에 관한 것이었다. 점점 회사가 힘들어진다. 지금 다른 곳을 알아보고 있다. 미안한데, 당분간은 함께 좀 고생을 하자. 나는 하나도 힘들지 않다고, 얘기했다. 미안해 하던 아버지를 다

음 날 또 마주쳤는데 – 미안한 마음에 제대로 밀지 못했다. 아버지, 잘 다녀오세요.

다릴 뻗고 고갤 젖히고, 그래서 구름이 흘러가는 걸 쳐다보며 나는 말했다. 형, 지구는 진짜 돌고 있어요. 그러냐? 이렇게 지구가 도는 게 느껴질 땐 말이죠, 문득 그런 생각이 들어요. 뭐가? 그러니까…… 정말 우주에서…… 행성 위에서 살고 있는 거잖아요. 그래서? 이런 곳에서…… 왜 고작 이따위로 사는 걸까, 라고요. 잠시 침묵을 지키던 코치 형이 뭐 좀 마시자, 라며 자릴 일어섰다. 다릴 당기고 고갤 세워, 그래서 지구가 정지하고 나자 '얼음 없음'을 눌러 양이 더 많은 미린다 한 잔이 눈앞에 떠 있었다. 정지한 지구 위에서, 또, 지금 열차가 들어오고 있었다. 재밌는 얘기 하나 해 줄까?

지금 들어온 열차가 출발하고 나자, 코치 형이 불쑥 그런 말을 뱉는 것이었다. 2교시도 빠지지 뭐. 해서 그날따라, 나 역시 벤치에 눌러앉게 되었다. 그것은 재밌다기보다는, 어딘가 모르게 이상한 이야기였다. 본드를 한창 하던 때의 일이야. 여느 때처럼 끝까지 갔다 라고 생각했는데, 갑자기 내가 지붕 위에 떠 있는 거야. 신기한 게 아래엔 머릴 처박은 내 모습이 보이고, 그걸 바라보는 나 자신은 이상한 빛이 나는 거야. 나 지금 죽은 건가, 그런 생각이 절로 들었지. 얼마나 무서웠나 몰라. 그래서 주위를 둘러보는데, 멀리 오류동 쪽에 아는 녀석 하나가 나처럼 떠있는 거야. 진호라고, 그놈도 맨 본드하고 거기서 놀던 앤데…… 그래서 저놈도 죽은 건가? 생각을 한 거지. 그리고 얼마쯤 지났을까? 다시 정신이 들고 깨어났어. 아니, 살아났다고 그때는 생각했지. 휴 하고 가슴을 쓸었는데, 정말 놀랄 일은 오후에 일어났어. 글쎄 진호 그놈이 날 찾아온 거야. 그리고 혹시 어젯밤에 본드 했냐고? 그래서 했다 했지. 그러자 공중에 떠 있는 자길 보지 않았냐고, 자긴 날 봤다고 그러는 거야. 나 참 얼마나 놀랐던지.

어쨌거나 그 일이 있고 나서, 나 완전히 딴사람이 돼 버렸어. 본드도 끊고, 이유는 잘 몰라. 혹 언제라도 빠져나가, 이 부근의 어느 지붕에 떠 있으면 어쩌지? 그래서 열심히 사는 거 외엔 달리 방법이 없는 게 아닌가, 그런 생각도 들고. 이 부근의 어느 지붕요? 응,

이 부근의 어느 지붕.

그렇습니까? 기린입니다

금성인들은 좋겠다. 그해 겨울엔 혹한이 닥쳐, 나는 늘 그런 상념에 젖고는 했다. 정보산업고(情報産業高)의 겨울방학은 생각보다 가혹해서, 그런 상념에라도 빠지지 않으면 견딜 수가 없었다. 긴긴 겨울, 여전히 나는 여러 일터를 전전했다. 이른 아침의 전철역에서 늦은 밤까지의 갈빗집 주방, 또 새벽엔 세 구역의 아파트를 돌며 – 신

문을 돌렸다. 파아, 하아. 펴오르는 입김과 옷 속의 땀. 돌이켜 보면, 부근의 어느 지붕에서 그런 자신의 모습을 내려다보는 기분이다. 금성인의, 시각 같다.

새벽의 전철은 늘 은하철도와 같은 느낌이었다. 그렇게 말해도 괜찮습니까? 금성의 누군가로부터 추궁을 받는다 해도, 과연 나는 그렇게 말할 수 있다. 새벽은 광활하고 캄캄했으며, 혹한의 공기는 언제나 거칠었다. 말 그대로의 천자문 집宇 집宙, 넓은洪 거칠荒. 그리고 나는, 혼자였다. 사람들은 모두 자고 있겠지, 사람들은 모두 무사하겠지. 구일과 구로를 지나 신도림으로 이어지는 선로의 어둠 속에서, 나는 늘 흔들리며 생각했다. 조금씩, 열차는 흔들렸고, 조금씩, 마음도 흔들렸다. 삶은, 세상은, 언제나 흔들리는 것이었다.

무사한 사람은 아무도 없었다. 알바를 정리한 코치 형은 떴다방의 직원이 되었는데, 불과 한 달 만에 사람이 달라졌다. 비록 중고지만 승용차를 구입했고, 돈의 씀씀이가 예전과 사뭇 달랐다. 우연히 길에서 만났는데, 내가 알던 코치 형과 유사한 인물이란 느낌만 간간이 들 뿐이었다. 유사한 것을 무사하다고 말할 순 없는 거니까, 즉 그런 거니까. 감독은 여전했지만, 그 역시도 무사한 것은 아니었다. 들리는 말로는 결혼 사기를 당했다는데, 그 후 열흘이나 무단결근을 했고, 그 후 다시금 출근을 했다. 본인은 어떤 말도 하지 않았고, 우리 역시 어떤 말도 하지 않았다. 사람은 배워야 해. 언젠가 불쑥 그런 말을 하길래 나는 아, 네, 라고 짧게 끊어 대답해 주었다. 또 그런가 했더니, 갑자기 요즘 '칙촉'이란 게 나왔는데 먹어 봤냐? 넌 '오 예스'와 '칙촉' 중 어떤 게 맛있냐고 묻길래 – 아, 예예. 그리고

그 겨울의 어느 날이었다.

아버지가 사라졌다.

정말로 사라진 것이었다. 어떤 조짐도 보이지 않았고, 어떤 짐작도 할 수 없었다. 처음엔 사고가 아닌가 백방으로 뛰어다녔지만, 사고의 흔적은 어디에도 없었다. 행적에 대해 말해 줄 수 있습니까? 아버지를 마지막으로 본 것은 나였으므로, 당연히 나는 그에 대해 할 말이 있었다. 그날 아침 전철역에서 만났습니다. 전철역에서요? 네, 아버지는 출근을 하는 길이었고, 저는 그곳에서 아르바이트를 하고 있었습니다. 종종 만나는 편인데, 늘 그랬듯 그날도 역시 아버지를 밀어드렸습니다. 뭐 특이한 점은 없었나요? 글쎄요…… 그러고 보니 "잠깐만, 다음 걸 타자." 하고 몸을 한 번 뺐습니다. 그런 적은 처음이었나요? 네, 아마도. 그래서 어떻게 했나요? 힘드신가 보다, 라고 쉽게 생각했습니다. 그래서 다음 열차에 태워 보냈습니다. 순순히 타던가요? 그런, 편이었습니다.

그리고 그것이, 아버지의 마지막 모습이었다. 아버지는 회사에도

가지 않았고, 집으로도 오지 않았다. 말 그대로의, 실종. 경찰은 요즘 그런 사람들이 꽤 있다는 말로 나를 위로했지만, 그런 사람들이 꽤 있다고 해서 위로가 될 리 없었다. 그 후의 기억은…… 잘 정리가 되지 않는다. 나는 아버지의 회사를 상대로 밀렸던 두 달치 임금을 받아냈고, 이는 보통 힘든 일이 아니었고, 이런저런 서류를 마련해 할머니를 관인 '사랑의 집'에 보내고, 이 또한 정말 까다롭고 힘든 일이었으며, 경찰서와 병원을 꾸준히 오고, 가고, 또 여전히 일을 했다, 해야만 했다. 때로 새벽의 전철에 지친 몸을 실으면, 그래서 나는 저 어둠 속의 누군가에게 몸을 떠밀리는 기분이었다. 밀지 마, 그만 밀라니까. 왜 세상은 온통 푸시인가. 왜 세상엔 '푸시맨'만 있고 '풀맨'은 없는 것인가. 그리고 왜, 이 열차는

삶은, 세상은, 언제나 흔들리는가. 그렇게

흔들리던 겨울이 가고, 봄이 왔다. 봄은 금성인과 화성인이 모두 부러워할 만큼이나 근사한 계절이었다. 끝내 아버지는 돌아오지 않았지만, 대신 어머니의 의식이 기적처럼 돌아왔다. 의식이 돌아왔다는 사실보다도, 퇴원을 할 수 있다는 사실이 기뻐 나는 울었다. 글쎄 그 정도의 서러운 이유라면, 누구나 눈물이 나오지 않았을까? 이제 재활 치료만 받으면 됩니다. 의사란 사람이, 그렇게 얘기했다. 재활 치료만 받으면 되는 거겠지. 의사란 사람이, 그렇게 말했으니.

그렇게 우리 집은, 다시금 숨을 트고 있었다. 아버지가 사라졌지만 할머니란 짐을 덜게 된 까닭으로, 또 엄마가 스스로 자신의 병원비를 번 까닭으로 그대로, 그렇게. 근처의 지붕에서 지켜본다면, 아마도 그것은 잔디의 작은 싹이 움을 튼 모습과 비슷한 광경이었을 것이다. 살아, 있다. 무사하진 않았지만, 그래도 유사한 산수를 할 수 있단 것은 얼마나 큰 삶의 축복인가. 사라지기 전에, 사라지기 전에 말이다.

봄이 얼마나 완연한 날이었을까. 일을 마친 나는 잠깐 역사의 벤치에서 졸다가 깊고, 완연한 잠을 자 버리고 말았다. 그리고 눈을 떴다. 목이 말랐다. 여느 때처럼 미린다 한 잔을 마시고 나자, 탄산수처럼 쏘는 느낌의 봄볕이 피부를 찔러 왔다. 당연히 '얼음 없음'인 봄볕 속에는 그래서 그만큼의 온기가, 더 스며 있었다. 아아, 마치 기지개처럼 나는 다릴 뻗고 고갤 젖혔다. 여전히 구름은 흘러가고 지구는 돌고, 그리고 다시 고개를 들었는데 건너편 플랫폼의 지붕 부근에 떠 있는 이상한 얼굴 하나가 눈에 들어왔다. 저것은 설마

기린이 아닌가. 그것은 정말 한 마리의 기린이었다. 기린은 단정한 차림새의 양복을 입고, 플랫폼의 이곳저곳을 천천히 거닐고 있었다. 오전의 역사는 한가했고, 아무리 한가해도 그렇지 – 사람들은 그럴 수도 있지 뭐, 의 표정으로 그닥 신경을 쓰지 않는 눈치였다. 이거야 원, 누군가 한 사람은 긴장을 해야 하는 게 아닌가, 란 생각으로 나

는 기린을 예의, 주시했다. 끄덕끄덕, 머리를 흔들며 걷던 기린이 코너 근처의 벤치 앞에서 멈춰 섰다. 그리고, 앉았다. 그것은 그리고, 앉았다 라고 해야 할 만큼이나 분리되고, 모션이 큰 동작이었다. 이상하게도 그 순간, 나는 기린이 아버지란 생각을 했다. 이유는 알 수 없지만, 그런 확신이 들었다. 나는 이미 통로를 뛰어가고 있었다. 사라지기 전에, 사라지기 전에.

다행히 기린은 꼼짝 않고 앉아 있었다. 주저주저 그 곁으로 다가간 나는, 주저주저 기린의 곁에 조심스레 앉았다. 막상 앉으니 – 기린은 앉은키가 엄청나고, 전체적으로 다소곳하고 무신경한 느낌이었다. 기린은 이쪽을 쳐다보지도 않는데, 나는 혼자 울고 있었다. 이상하게도 자꾸만 눈물이 나오는 것이었다. 아버지…… 곧장 나는 가슴속의 말을 꺼냈고, 기린의 무릎 위에 내 손을 올려놓았다. 떨리는 손바닥을 통해, 손으로 밀어 본 사람만이 기억하는 양복의 질감이 그대로 느껴져 왔다. 구름의 그림자가 빠르게 지나갔다. 기린은 여전히 아무 반응이 없었다. 아버지, 아버지 맞죠?

어떻게 된 거예요? 기린의 무릎을 흔들던 나는, 결국 반응을 포기하고 이런저런 집안의 근황을 들려주었다. 할머니의 소식과 어머니의 회복, 그리고 나는 부동산 일을 배울 수도 있다, 선배가 자꾸 함께 일을 하자고 한다, 자리가, 자리가 있다고 한다. 경제도 차차 좋아질 거라고 한다, 무디스가 어디서 우리의 신용 등급이 또 한 계단 올라섰대요, 좋아졌어요. 그러니 돌아오세요. 이젠 걱정 안 하셔도 된다니까요. 구름의 그림자가 또 빠르게 지나갔다. 아버지, 그럼 한마디만 해 주세요. 네? 아버지 맞죠? 그것만 얘기해 줘요.

무관심한, 그러나 잿빛의 눈동자가 이윽고 물끄러미 나를 바라보았다. 기린은 자신의 앞발을 내 손 위에 포개더니, 천천히, 이렇게 얘기했다.

그렇습니까? 기린입니다.

《카스테라》(문학동네, 2005)

개똥철학 대수롭지 아니한 생각을 철학인 듯 내세우는 것을 낮잡아 이르는 말.

결계 불교에서 수행의 필요상 일정한 지역을 정해 행동에 제한을 가하는 일. 밀교(密敎)에서는 일정한 지역을 구획하여 그곳에 외부인의 출입을 금하고, 수행의 도량으로 삼는 것을 말한다.

고학 학비를 스스로 벌어서 고생하며 배움.

근황 요즈음의 상황.

떴다방 아파트 분양 현장 주변에 철새처럼 모여드는 '이동식 중개업소'를 통칭해 이르는 말. 주로 무허가 중개업소들이 아파트 모델하우스 인근에 가건물이나 파라솔 등을 설치하고 현장에서 '중개 행위'를 하면서 투기를 조장하거나 정식 허가를 받은 중개업소도 이 같은 영업을 하고 있는데, 이는 불법 행위로 법에 의해 처벌을 받을 수 있다.

몽따주 몽타주. 여러 사람의 얼굴에서 얼굴의 각 부분을 따서 따로 합쳐 만들어 어떤 사람의 형상을 이루게 한 것.

상사 상행위 및 영리를 목적으로 만들어진 사단 법인.

이력 많이 겪어 보아서 얻게 된 슬기.

폐부 ① 마음의 깊은 속. ② 허파(가슴의 양쪽에 있는, 원뿔을 반 자른 것과 비슷한 모양의 호흡 기관).

훈시 상관이 하관에게 집무상의 주의 사항을 일러 보임.

흉곽 가슴. 우리 몸에서 목과 가로막 사이의 부분.

1 '산수'의 의미는 무엇일지 정리해 보고, '나의 산수'와 '아버지의 산수'에 대해 이야기해 봅시다.

2 '아버지의 산수'를 목격한 '나'에게 어떤 변화가 일어나는지 이야기해 봅시다.

3 여름방학이 끝나고 돌아간 교실에서 '나'가 깨닫게 된 현실은 어떤 것인지 이야기해 봅시다.

4 '나'가 플랫폼에 나타난 기린이 아버지일 것이라고 생각하는 까닭은 무엇일지 이야기해 봅시다.

5 마지막 부분에서 '나'가 아버지라고 생각한 기린이 "그렇습니까? 기린입니다."라고 대답한 이유는 무엇일지 이야기해 봅시다.

원래 좀 노는 편이었던 '나'는 중학생 때 아버지 사무실에 도시락 심부름을 갔다가 을씨년스럽고 초라한 사무실에서 일하는 아버지의 가냘픈 모습을 본 뒤 조용한 소년이 되었다. 그때부터 '나'는 내 나름으로 '나의 산수'를 생각하게 되었으며, 상고생이 된 뒤 주유소와 편의점에서 시간당 천 원 혹은 천오백 원의 알바를 했다.

여름방학 어느 날 지역 알바 정보를 한 손에 쥐고 있는 코치 형의 소개로 시간당 삼천 원의 전철 푸쉬맨이 되었다. 푸쉬맨 알바를 나갔을 때, 열차는 거대한 동물처럼 플랫폼으로 기어와 구토물을 쏟아 내듯 옆구리로 사람들을 토해 냈다. 전철에는 이미 탈 자리가 없었지만 삶의 안전선은 전철 안이었으므로 사람들은 전철을 타기 위해 몰려들었으며, '나'가 할 일은 그들을 밀어 넣는 일이었다. 그들을 사람으로 생각하지 말고 화물이나 뭐 그런 걸로 생각하라는 코치 형의 충고에 따라 '나'는 차츰 그 일에 적응해 갔다. 그리고 이른 아침부터 푸쉬맨, 편의점, 주유소를 잇는 알바 생활도 몸에 익어 갔다.

'나'는푸쉬맨 알바를 하면서 수학 경시대회에 가기 위해 혼자 전철에 태워졌다가 어른들 사이에 파묻혀 기절한 어린이, 너무 복잡해서 끼어들지 못하고 두 대의 열차를 놓친 뒤 울음을 터뜨린 여자, 열차 속에 딸려 들어갔다가 승객들에게 폭행당한 다른 푸쉬맨, 그리고 여러 명의 변태들을 만났다. 아침마다 수많은 사람들의 고통을 목격하는 일이 점점 스트레스로 변해 갈 무렵의 어느 날 아침 '나'는 아버지와 맞닥뜨렸다. 아버지와 맞닥뜨리는 일은 잦았고, 처음에 여자의 몸을 밀 때처럼 아버지를 열차 속에 밀어 넣는 일은 어색하고 어려웠으나 서서히 면역이 생겨 아버지를 제대로 밀어 넣게 되었다.

방학이 끝나고 학교에 갔으나 학교는 어수선했고, 선배들은 이구동성으로 일자리가 없다고 얘기했다. 가을이 시작될 무렵 엄마가 과로로 쓰러졌다. 사라질 엄마의 봉급과 할머니 약값, 엄마의 치료비를 생각하면서 엄마 병실에서 본 아버지의 눈은 잿빛이었다. 아침마다 플랫폼에서 아버지와 마주치고 아버지를 전철 속으로 밀어야 하는 일도 반복되었다. 그리고 아버지는 회사가 어려워져서 다른 일자리를 알아보고 있다는 얘기를 했다. 그런데 겨울 어느 날 아버지가 사라졌다. 아버지의 밀린 월급을 받아 내고, 할머니를 '사랑의 집'에 보내고, 엄마의 의식이 기적처럼 돌아왔지만 아버지는 봄이 되어도 돌아오지 않았다.

그리고 완연한 봄날 역사 벤치에서 잠깐 잠이 들었다 깼을 때, 플랫폼 이곳저곳을 한가하게 거닐고 있는 기린을 보게 되었다. 그런데 이상하게 '나'는 기린이 아버지란 생각을 했다. '나'는 뛰어가서 기린 옆에 앉아 울면서 기린의 무릎에 손을 올려놓았다. 집안 사정이 좋아졌으니 걱정 말고 집으로 돌아오라는 얘기를 했다. 그러나 기린은 무관심한 잿빛 눈동자로 물끄러미 '나'를 바라보며, "그렇습니까? 기린입니다."라고 말했다.

수학이 필요한 인생과 산수에 머물 수밖에 없는 인생의 차이를 통해 오늘날 자본주의 사회를 살아가는 사람들의 빈부 격차를 실감할 수 있다. 그런데 아버지의 산수는 자식에게 대물림되는 경향이 점점 심해지는 추세다. 세상에는 설 자리가 없고, 이미 정원을 초과한 전철 안이지만 거기가 삶의 안전선이기에 어쨌든 아침마다 마치 화물처럼 그 속에 밀려 들어가야 한다. 그러나 그렇게 살아도 자리는 부족하고 있던 자리마저 사라질 수 있다. 약육강식의 세계에서 경쟁에 밀린 초식 동물 기린은 높은 곳의 잎을 따 먹기 위해 점점 목이 길어졌을 것이다. 생존 경쟁에서 밀려난 아버지에게서 초식 동물 기린의 모습을 상상하는 것이 어려운 일은 아니다.

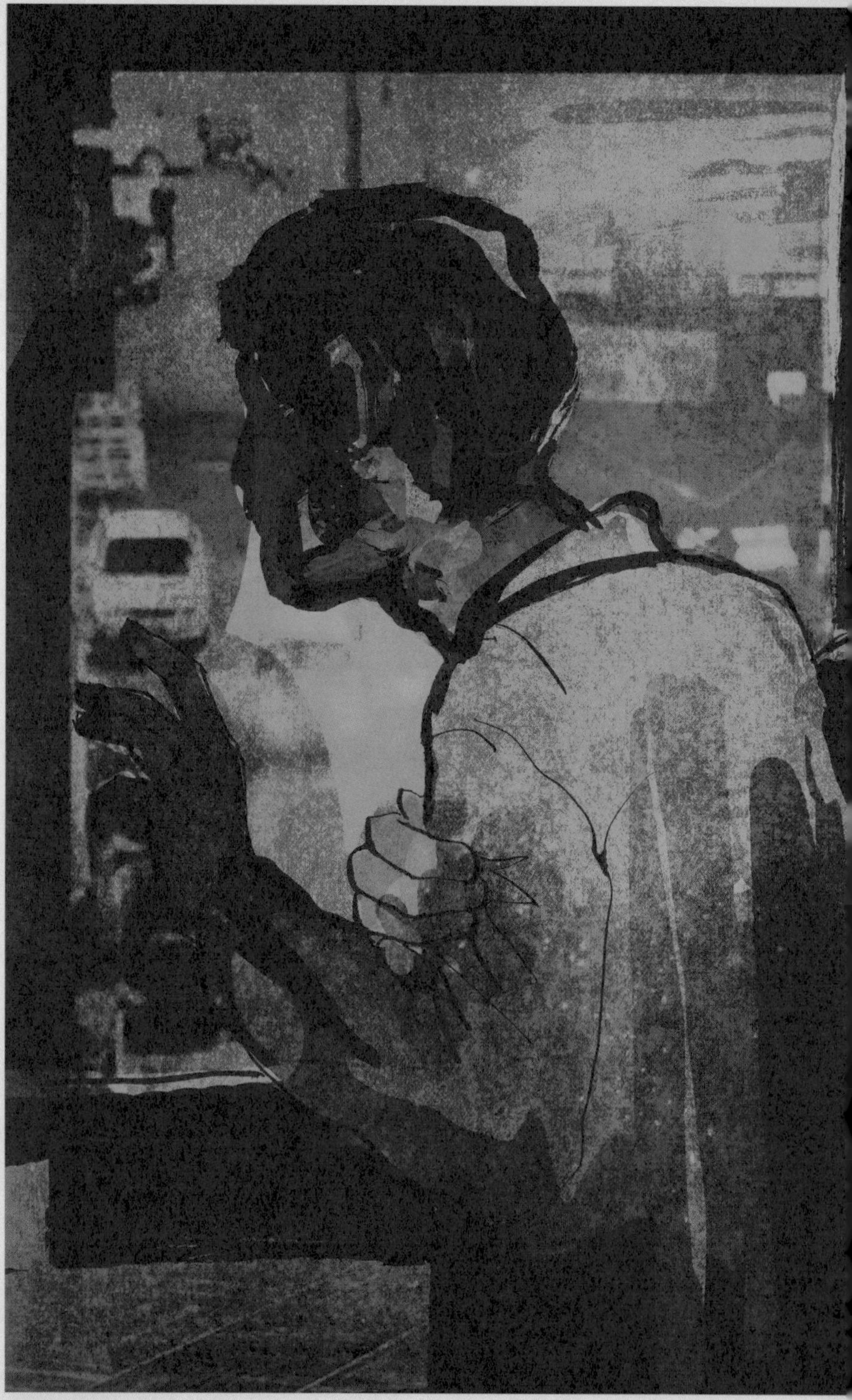

멀고 먼 해후

김영현

그것은 마치 길고 긴 터널 같았다. 터널의 끝에는 손톱만 한 햇살이 어둠에 묻혀 물방울처럼 희미하게 빛날 뿐이었다. 터널을 지나갈 동안의 모든 시간은 죽어 있는 것이나 다름없었다. 그는 오로지 터널 끝에 물방울처럼 맺혀 있는 빛을 째려보며 걸어왔을 뿐이었다. 옆을 보았자 그것은 자신의 경험이 될 수 없었다. 여차하면 생채기를 내어 버릴 듯이 널려 있는 감옥소의 모든 것은 하나도 기억 속에 남겨 두고 싶지 않았다. 두터운 콘크리트 벽, 열려진 공간마다 잘라먹은 창살, 하루 종일 켜져 있는 30촉짜리 백열등, 열쇠, 담당, 뺑끼통, 사물 보따리, 가다밥, 심지어는 흰 담장 위에 서성이며 앉아 있다가 일제히 손뼉을 치며 날아오르는 비둘기조차 잊어버리고 싶었다.

길고 긴 5년의 시간이 지나고 갑자기 터널의 끝, 빛이 마구잡이로 쏟아지는 지점에 도달했을 때 그때는 겨울이었다. 영치함 속에 들어 있던 감색 스웨터는 뽀얀 먼지에 싸여 검은색 골덴바지와 함께 노끈으로 묶여 있었다. 안 교도가 검은 물들인 야전잠바를 하나 꺼내 주었다. 여름에 출감한 놈이 남겨 두고 간 것이라 했다.

잎새가 다 진 나무들이 앙상한 손가락으로 하늘의 가슴팍을 쥐어

뜨는 뜰을 지나 육중한 철문 밖으로 나오는 순간 그는 마치 누군가에 의해 떠밀려 나온 듯이 아찔한 기분이 들었다. 그는 다시 못 볼 친구를 바라보는 것처럼 굳게 입을 다문 철문과 그 곁으로 이어 나간 흰 담장을 찬찬히 뜯어보고는 침을 뱉었다. 망루에서 누군가 손을 흔들고 있었다. 새벽빛이 그를 알아보지 못할 정도로 역광으로 싸고 있었다.

그는 터널에 의해 잘려진 두 공간의 시간을 이어 붙여 보려고 했지만 번번이 실패할 수밖에 없었다. 출구는 입구보다도 더 황당했다. 처음 옷을 벗기고 똥구멍을 조사하고 주소, 본적, 생년월일, 이름, 전과 유무를 외치고 냄새나는 물색 옷과 플라스틱 식기와 대나무 젓가락과 짝짝이 맞지 않는 검은 고무신 한 켤레를 받았을 때도 이처럼은 황당하지 않았다. 그때에는 적어도 이어진 시간이 있었다. 사건도 있었고 사건을 일깨워 주는 재판이 있었다. 그리고 무엇보다도 사랑하는 사람이 있었다.

5년의 세월을 거슬러 올라가는 유일한 끈은 지금 그 여자밖에 없었다. 이제 낡은 사진처럼 얼굴조차 희미해져 버리고, 하도 자주 뇌까려서 아무 감동도 일으키지 못하는 이름을 가진 여자였다.

형이 확정되고 두 달이 되던 날, 그녀는 마지막 면회를 왔다. 불볕이 내리 퍼붓는 여름날 오후, 포플러 잎사귀들이 무수한 손바닥처럼 뒤집혔다 폈다 바람에 부서지는 면회장 너머 마당에서 물방울무늬의 원피스를 입은 그녀가 들어왔다. 투명한 플라스틱으로 칸을 막아 놓은 저쪽에서 그녀는 고개를 숙인 채 가방의 모서리를 뜯고 있었다.

할 말을 다 잊어버린 사람처럼 말이 없었다. 애써 즐거워하거나 용기 있는 척하지도 않았다.

그는 그녀에게 더 이상 고통스러워 할 필요가 없다고 말했다. 둘이서 나눈 영원의 약속은 약속한 그 순간에 다 이루어졌다고 말했다. 5년의 세월을 우리는 건너가지 않으면 안 된다고 말했다. 두 사람이 마주 보며 건너가기에는 너무도 넓은 강이라고 말했다. 이제는 서로가 서로를 자유롭게 해 줄 필요가 있다고 말했다.

그녀는 고개를 숙이고 가늘게 어깨를 떨었다. 물방울무늬가 함께 떨며 후루루 떨어질 것만 같았다.

그녀는 그 뒤에 다시 면회를 오지 않았다. 그는 기다리지 않았다. 모든 것은 진공의 터널 속으로 들어가 버렸고 모든 빛깔은 흰색과 회색으로 분해되어 버렸다.

강은 여전히 거기 있었다. 강은 짧은 겨울 해를 마지막까지 빨아들인 채 소리 없이 흘러가고 있었다. 어스름 속에서 강 테두리를 따라 얼어붙어 있는 얼음이 짐승의 이빨처럼 허옇게 빛을 발했다.

강을 바라보는 순간 그의 가슴은 감격과 추억으로 꽉 메어져 오는 것 같았다. 이러한 감정의 말없음표나 되는 것처럼 그는 담배를 꺼내어 물었다. 성냥을 긋자 날카로운 십이월의 바람이 재빨리 불꽃을 물고 달아나 버렸다. 그는 야전잠바 깃으로 바람을 막으며 다시 성냥불을 켰다. 성냥불이 잠시 동안 그의 얼굴을 환하게 밝혔다가 꺼졌다. 머리카락이 밤송이처럼 짧게 피어올라 있었다.

그는 휘파람을 부는 것처럼 소리 내어 담배 연기를 내어뿜고 천천히 성당 주위를 돌았다. 강기슭 언덕 위에 서 있는 성당은 근래에 흰 페인트를 한 번 입힌 것 외에는 달라진 것이 없었다. 단지 잔디밭이 없어지고 지금은 짚으로 칭칭 동여매어 놓아 무슨 나무인지 모를 나무들이 심어져 있었다. 성당은 앞문 위에 설치된 백열등이 하나 밝게 빛나고 있을 뿐 나머지는 이제 막 떠오르기 시작한 겨울의 엷은 달빛에 묻혀 짐승처럼 웅크리고 있었다. 철책은 녹이 슬어 페인트칠이 우툴두툴하게 일어나 있었다.

강 건너에서 누군가 부르는 고함 소리가 아득히 들려왔다.

"나오지 않을 거야."

그는 마치 스스로에게 다짐이나 하듯이 중얼거렸다. 그는 그녀에게 편지 쓴 것을 벌써부터 후회하고 있었다. 어떻게 보면 그것은 무척 외람된 바람이었다. 어떤 변화도 인정치 않고 그저 과거의 그림자를 길게 이쪽으로 끌어당기는 꼴이었던 것이다. 그는 천천히 성당 주위를 돌며 혼자 수없이 체념을 했다.

이미 약속된 시간이 지나가고 있었다. 그는 고개를 저으며 현관이 잘 보이는 어둠 속에 몸을 숨기고 웅크리고 앉았다. 소름 돋우는 날선 바람이 그의 짧은 머리카락을 헤집고 지나갔다.

성당의 십자가가 짙은 감청색 하늘을 배경으로 선명하게 솟아 있었다. 마른 은사시나무 가지가 바람을 물고 맵게 울어 대고 있었다. 그의 눈빛이 희미하게 젖어 왔다.

"본적은?"

검사는 경찰 조서를 훑어보며 먼저 형식적인 항목들에 대해 질문을 했다. 사각 진 얼굴에는 아무런 표정도 없었다. 철사처럼 단단해 보이는 머리카락을 올백으로 넘겼기 때문에 이마 한 구석에 나 있는 흉터가 눈에 띄었다. 그 옆에서 타자수 아가씨가 재빠른 솜씨로 두 사람의 심문 내용을 쳐 내려갔다.

체포될 당시에 내리던 늦은 가을비가 지금은 흰 눈이 되어 내리고 있었다. 넓고 조용한 방은 타자 두드리는 소리와 스팀에서 새어 나오는 김 빠지는 소리뿐이었다. 그는 손에 채워진 수정(手錠)을 손가락으로 만지면서 검사의 질문에 나직하게 대답했다. 그래서 겉보기로는 두 사람이 마치 정다운 대화라도 나누고 있는 듯이 보였다.

"대답하기 싫으면 묵비권을 행사해도 좋다."

검사는 예의가 있었다. 그러나 그는 반말을 쓰고 있었다. 그럴 필요가 없는데도 그는 그것이 자꾸 신경에 거슬리고 있다고 생각했다.

"황준호, 최순범과는 어떻게 하여 알게 되었는가?"

"같은 조합원이었습니다."

검사는 설명을 기다리는 사람처럼 가만히 그를 바라보았다.

"공장에 처음 나갈 때부터 친하게 지냈습니다."

"처음부터 황준호가 불순한 동기를 가지고 접근했다는 사실도 알고 있었겠군."

"그는 많은 것을 알고 있었지만 특별하게 굴지는 않았습니다. 나는 아직도 그가 불순한 동기를 가지고 있었다고는 생각지 않습니다."

"황준호가 조합 운동을 과격한 방향으로 이끌지 않았는가?"

"조합 운동을 과격하게 만든 것은 오히려 저쪽입니다. 필요 이상의 탄압을 했습니다."

"됐어!"

검사는 눈살을 찌푸리며 말을 끊었다. 그러고는 담배를 꺼내어 물었다. 재떨이에는 반만 태우다 만 꽁초가 수북했다. 담배 연기가 폐 속으로 스며들었다. 담배를 피우고 싶었기 때문에 대신 침을 한 번 꿀꺽 삼켰다.

눈은 여전히 소리 없이 내리고 있었다. 그 방은 3층이었기 때문에 아래쪽으로 주택가의 지붕과 교회의 첨탑이 보였다. 주택가의 지붕과 교회의 첨탑 위에 눈이 쌓이고 있었다.

"최순범이 암환자라는 것이 밝혀진 것은 언제인가?"

"반년 정도 됐습니다. 위궤양이라더니 알고 보니 암이었습니다."

"병이 밝혀진 다음 최순범은 공장을 그만두고 결과적으로 조합 일과도 손을 끊게 되었다고 하는데……."

"처음에는 그도 황준호의 열성적인 추종자였습니다. 그 역시 조합 운동을 통해 자기 자신을 찾아낸 사람 중의 한 사람이었습니다. 그러나 한 인간에게 사형 선고나 다름없는 암 진단이 떨어지고 나자 그는 많은 부분에서 자기를 정리하지 않을 수가 없었습니다. 우리는 그것을 인정했습니다. 의사는 일차 수술 후 고개를 저었습니다. 그가 할 수 있는 일은 이제 집에서 소용없는 약을 먹는 일밖에 없었습니다. 그러나 그는 열심히 병과 싸웠습니다. 기도원에도 가고 단식도 했습니다. 우리는 그가 무슨 일을 하든지 다 이해할 준비가 되어 있었습니다."

"무슨 일도?"

검사는 먹이를 잡아채기라도 하는 것처럼 말꼬리를 붙잡았다.

"그런 뜻은 아닙니다."

짧게 부정한 다음 약간 긴 침묵이 흘렀다. 검사는 무언가 생각을 더듬는 눈치였다.

스팀 공기가 너무 더웠다. 머리 밑에 땀이 맺혔다가 관자놀이를 타고 흘러내렸다. 유리창 너머 바깥은 아주 추워 보였다. 불기 하나 없는 감방 마루방이 생각났다. 비닐로 막아 놓은 빼끼통 문이 바람에 배불뚝이가 되었다가 쑥 꺼지곤 할 것이었다. 낙서투성이의 벽에는 성에가 하얀 꽃을 피우고 있을 것이었다.

타자수 아가씨가 잠시 화장실을 가기 때문에 심문은 일단 중지되었다. 화장실을 가기 위해 일어서는 타자수 아가씨의 엉덩이를 보자 그는 잊어버리고 있던 성욕을 느꼈다.

"종교를 가진 게 있습니까?"

침묵으로 굳어져 있는 검사의 옆얼굴을 보며 그가 말을 꺼내었다. 묻는 자와 대답하는 자의 위치가 바뀐 의외의 질문에 검사는 당황하는 것 같았다. 그는 잠시 생각하다가 떨떠름하게 대답했다.

"불교야."

"크리스천 같아 보이는데요?"

"얼굴에 그렇게 써 있기라도 해?"

검사는 조금 신경질이 섞인 말투로 되물었다. 그는 더 이상 쓸데없는 말을 하여 검사의 신경을 건드릴 필요가 없다고 생각했다.

타자수 아가씨가 돌아왔다. 그는 타자수 아가씨가 변기에 앉아 있는 모습을 잠깐 상상하다가 그만두었다.

다시 심문이 계속되었다.

그해 가을에는 모든 것이 금지되었다. 매연으로 말라비틀어진 플라타너스 잎사귀들이 바람에 우수수 날려 가는 길거리에는 짙은 녹색의 옷을 입은 군인들이 탱크 옆에 서 있었다. 사람들은 코를 가슴패기에 묻고 땅을 보며 걸었다. 서로의 눈이 마주치면 깜짝깜짝 놀라곤 하였다. 발길에 채이는 라디오 소리는 연일 계엄령의 내용을 탄환처럼 쏟아붓고 있었다. 남쪽의 강변을 찾아가는 겨울 철새만이 옛날과 다름없이 높이 하늘 위에 떠서 편대를 만들고 있었다.

타협의 선까지 와 있던 조건들은 모조리 철회되었고 회사 측은 오히려 노조 자체를 불법화시켜 버릴 낌새였다. 사람들은 뿔뿔이 흩어졌고 누구도 먼저 말을 꺼내지 않았다. 나는 공장 일이 끝나면 경선이와 함께 싸구려 극장에서 시간을 보내었다. 한 번에 두 프로를 상영하는 지린내 나는 영화관, 베니아 의자가 자칫하면 폭삭 내려앉을 것 같은 곳에 앉아서 나는 아무것도 생각하지 않으려고 마음먹었다. 세상은 조금 즐겁게 살 필요가 있는 것이었다.

마지막까지 희망을 가지고 있은 사람은 준호뿐이었다. 사실 그도 마지막까지 희망을 가져 보려고 애만 쓰고 있었는지 몰랐다. 왜냐하면 그것이 그의 책임이었기 때문이다. 그는 위원장이었다.

나는 친구로서, 아니 같이 노조를 이끌어 온 사람으로서 준호의 입장에 동정이 갔지만 아무 도움도 줄 수 없었다. 그것은 그저 발버둥이나 몸짓으로밖에 보이지 않았다. 이미 상황은 눈에 훤하게 드러나고 있었다. 제주도에서 근래에 보기 드물게 풍작을 이루었다는 밀감이 리어카에 실려 황금알처럼 빛나고 있었다. 나는 모든 것을 잊어버리리라고 결심하였다. 방향이 바뀌면서 바람은 점점 얼음기를 담아 왔다. 그해 늦가을에는 모든 것이 금지된 채 살아가고 있었다.

순범이는 다시 입원하여 재수술을 받았지만 아무도 거기에 기대를 거는 사람은 없었다. 암세포는 그의 전신에 침투하여 가지를 뻗고 뿌리를 내리고 있었다. 나는 일주일에 한 번 경선이와 함께 국화꽃을 사 가지고 그를 찾아갔다. 그의 얼굴에는 이미 죽음의 그림자가 덮이어 있었다.

순범이는 매일 성경책을 보고 있었다. 우리가 찾아갔을 때는 가끔 경선이가 그것을 대신 읽어 주곤 하였다. 우리는 즐겁고 아름다운 것만 이야기했다.

순범이는 그 즈음 구원에 대하여 생각하고 있었다. 그는 그것에 희망을 걸고 있었다. 나는 마른 플라타너스 잎사귀가 가벼운 몸뚱어리처럼 바람결에 몰려가는 거리와 그 거리의 어귀마다 착검을 한 총을 메고 서 있을 녹색 옷의 군인들을 생각하며 그의 이야기를 들었다. 병든 인간의 구원은 어쩌면 심리학적인 자기방어 욕구가 아닌가 하고 생각했다. 이 세상에 어디 구원이 있단 말인가. 나는 거뭇거뭇해진 그의 얼굴과 눈자위가 푹 꺼진 검은 구멍 속에 들어 있는 그의 눈동자를 바라보았다.

때로는 준호도 함께 병문안을 갔다. 준호는 아무 말도 하지 않았다. 나는 그가 할 이야기가 아무것도 없다는 것을 너무도 잘 알고 있었다. 그는 사 가지고 간 국화 꽃잎을 자기도 모르게 하나하나 따 내는 버릇이 있었다. 그래서 언뜻 정신이 들어 보면 젖은 손바닥 안에 국화 꽃잎이 가득 차 있곤 했다.

그러던 어느 날 준호가 나를 보자 할 말이 있다고 다방으로 끌고 들어갔다. 마침 텔레비전에서는 세계 챔피언에 도전하는 우리나라 최태호 선수의 권투 중계를 하고 있었다. 사람들이 모조리 텔레비전 앞으로 의자를 끌어다 놓고 보고 있었다. 우리는 그들과 떨어져서 한쪽 구석에 앉았다.

준호는 커피를 마시고 담배를 한 대 다 피우고도 말이 없었다. 나는 그런 침묵에는 이미 익숙해져 있었기 때문에 그의 말문이 열릴 때까지 가만히 기다리고 있었다. 사람들이 갑자기 고함을 질렀다.

–저 봐! 코피가 터졌어!

–계속 쳐! 계속!

준호가 마침내 조용히 입을 뗐다.

"누군가가 죽어야 해."

–얼굴이 온통 피범벅이 된 리오 선수 대단히 고통스런 표정을 짓고 있습니다. 다리가 많이 풀려 있습니다.

"싸움은 이미 시작되었어. 여기서 포기해 버리면 처음보다 형편이 더 나빠질지도 몰라."

"하지만 어쩔 수가 없잖아?"

"언제나 그랬어. 언제나 특별한 사정은 있었고 언제나 어쩔 수가 없었지. 문제는 우리에게 있어."

"어떻게 할 생각이니?"

—역시 최태호 선수 대단한 기량을 가지고 있군요. 원 투 스트레이트가 일품입니다. 리오 선수, 공이 살려 주었어요.

"먼저 두려움이 없어져야 해. 사람들은 두려움 때문에 하나로 되지 못하고 있어, 우리의 주장이 옳다는 것은 누구나 잘 알고 있어. 이제는 양심의 싸움이 아니라 힘의 싸움이야."

—죽사발로 만들어 버려!

"우린 벌레가 아니야."

—쳐! 쳐!

"우린 인간이야. 사랑도 할 수도 있고 미워할 수도 있는 인간이야. 사랑과 미움이 하나가 되는 길은 오직 저항하는 길밖에 없어."

"쓸데없는 것일 거야."

"누군가가 죽어야 해."

—리오 선수 가볍게 반격을 시도하고 있습니다. 어떻습니까?

—예에. 한마디로 예상했던 대로군요. 리오 선수는 체중 조절에서 실패를 했습니다.

"그래야 사람들이 두려움을 잊게 돼."

"누가 죽어야 하지?"

"순범이."

텔레비전 소리가 갑자기 멎었다. 나는 준호의 얼굴을 쳐다보았다. 나는 그가 농담을 하고 있다고 생각했다. 하지만 꼼짝하지 않고 고정되어 있는 준호의 눈동자를 보고 나는 그가 농담을 하고 있지 않다는 것을 알았다.

"그럴 수가……."

"그는 어차피 죽을 목숨이야."

나는 고개를 저었다.

"그건 살인이야."

—리오 선수 마지막 반격을 시도하고 있습니다. 안타깝습니다! 최태호 선수, 코너에서 빠져나오지 못하고 있습니다. 역시 챔피언의 저력이란 게 있군요. 최태호 선수 빨리 코너에서 빠져나와야 할 것 같습니다.

—저런, 제기랄!

"그는 어차피 몇 달 내로 죽을 거야. 아무런 의미도 없이 말이야."

—돌아! 돌아! 저 벼엉신!

—카운터펀치에 걸려든 최태호 선수 비틀거리고 있습니다. 시간 얼마 남지 않았습니다. 아, 정말 안타깝군요.

"우리는 아무도 그의 죽음을 요구할 권리가 없어. 그리고 지금은 누구 하나가 희생된다 하여 해결될 일도 아니잖아?"

"그는 스스로 원하게 될 거야. 그리고 그의 죽음이 얼어붙은 사람들의 가슴에 불길을 붙여 줄 거야. 나는 믿어."

—굉장한 난타전이군요.

– 예에, 그렇습니다. 최태호 선수로서는 권투 선수로서 처음이자 마지막 기회가 되는 셈이거든요.

"순범이를 설득하겠어."

나는 계속 고개를 가로저었다.

"미쳤군."

검사는 그의 말을 듣다 말고 담배를 꺼내 물며 짤막하게 내어뱉듯이 말했다.

"그 가을에는 모두가 미쳐 있었습니다."

"모두?"

"그렇습니다. 길거리에는 탱크가 서 있었습니다."

타자수 아가씨가 일어나서 물주전자를 가져왔다. 그는 목이 말랐다. 타자수 아가씨는 컵에 물을 따라서 검사에게 주었다. 그는 물 좀 달라고 하려다가 궁색한 느낌이 들어서 그만두었다. 밖에는 여전히 흰 눈이 벌레처럼 내리고 있었다. 그는 경선이를 생각했다. 이제는 영영 헤어져야 할지 모른다는 생각이 들자 막막한 절망감이 무겁게 가슴을 눌렀다. 커다란 유리창 너머로 잿빛 하늘이 낮게 드리워져 있었다. 교회의 첨탑에는 색등이 설치되어 있었다. 크리스마스가 얼마 남지 않았기 때문이었다.

준호는 순범이가 자기 계획에 쉽게 따라 줄 것이라고 생각했다. 그는 순범이가 모든 것을 자포자기한 상태라고 여겼던 것이다. 그러나 그는 곧 의외로 완강한 거부에 부딪치지 않으면 안 되었다. 죽음 앞에서 인간이 얼마나 더 삶에 애착을 가지고 있는지 그는 미처 생각하지 못했던 것이다. 그는 국화 꽃잎을 하나씩 떼어 내면서 말했다.

"모든 것이 엉망으로 되어 버렸어."

"알고 있어."

떨어져 나가는 꽃 이파리를 바라보며 순범이가 대답했다. 준호는 창밖을 보고 있었다. 멀리 보이는 방둑길에 자동차의 유리창이 빛바랜 가을 햇빛에 부딪쳐 반짝거리곤 했다.

"사람들은 서로 눈치만 살피고 있어. 밤낮 연근을 하고 있으면서도 찍소리 한번 안 하는 거야. 얌전한 노예들처럼 말이야. 어젠 명구 새끼손가락이 나갔어."

"명구가?"

"십만 원이 보상금이야. 니기미."

"우리가 힘이 없기 때문이야."

여윈 팔뚝의 퍼렇게 부풀어 오른 정맥으로 연결되어 있는 링거의 호스가 가볍게 흔들렸다. 준호는 창밖에서 시선을 거두어 순범이의 퀭한 눈을 바라보았다. 그의 손에는 꽃 이파리가 다 떨어진 꽃 대궁이 달랑거리고 있었다.

"우리에게도 힘이 있어."

준호가 말했다.

"비겁하기 땜에 자기 힘을 믿지 못할 뿐이야."

순범이는 가만히 천장을 쳐다보고 있었다. 그의 얼굴에는 격심한 고통이 밀려왔다 간 사람에게서 볼 수 있는 독특한 평온함이 있었다.

준호는 자기 손 가득히 떨어져 나온 국화 꽃잎을 코에 갖다 대고 킁킁 몇 번 냄새를 맡더니 쓰레기통에다 버렸다.

"이런 말을 하면 어떻게 들릴지 모르지만 순범이 네가 좀 도와줘야겠어."

"내가?"

순범이는 의외라는 듯이 되묻더니 빙그레 웃었다.

"보시다시피 나는 이런 꼴이야."

"그러기 때문에 좀 도와 달라는 거야."

준호는 순범이를 뚫어져라 쳐다보더니 다시 시선을 창밖에다 던졌다. 넓은 하늘 저편에 철새들이 점점이 떠 있었다.

"누군가의 희생이 있어야 해."

순범이는 물끄러미 천장을 바라보며 말했다.

"내가?"

그는 막막한 표정으로 미소를 지었다.

"도와줘!"

준호는 순범이가 누워 있는 침대 곁으로 가며 갑자기 큰 소리를 질렀다. 그 소리가 생각보다 크게 나왔기 때문에 방 안 공기를 조금 이상하게 흔들었다.

"이런 이야기를 꺼낸다는 자체가 얼마나 나쁜가는 나도 잘 알아. 마치 사형수에게 가서 이왕에 당신은 죽은 목숨이니 콩팥 떼어 날 주고 가시오, 하는 셈이라는 걸 나도 잘 알아."

그는 조금 고통스럽지만 열렬한 표정이 되어 말했다.

"물론 네가 꼭 죽는다는 이야기는 아니야. 나도 네가 죽기를 바라서 이 이야기를 하는 건 아니야. 하지만 적어도 현대의 의학은 너에게 사형 선고를 내린 거야. 섭섭하게 생각하지 말고 잘 들어 봐. 모두가 이러한 이야기를 꺼내길 두려워하겠지만 나는 네가 이 사실을 솔직하게 인정하는 게 필요하다고 생각해. 어차피 인간은 누구나! 언젠가는! 죽을 수밖에 없거든. 이미 네 몸 속에는 암세포가 거미줄처럼 퍼져 있어. 새끼를 치고, 또 새끼를 치고 마침내 너의 몸뚱어리 전부를 파먹고 말 거야."

"그만둬!"

순범이가 일그러진 표정으로 말했다. 그러나 준호는 전혀 그만둘 기세가 아니었다.

"너는 벌레처럼 발버둥 치다가 죽고 말 거야. 하루하루의 고통을 잊기 위하여 몰핀 주사를 맞고 성경을 보구……. 그러다가 결국은 너는 죽을 거야."

"제발, 그만둬!"

"순범이, 잘 생각해 봐. 선택은, 죽느냐 사느냐 하는 것이 아니라 어떻게 죽느냐 하는 것이야. 우리는 너의 그 허물어져 가는 몸뚱어리가 필요해. 그 몸뚱어리에 불을 붙여 횃불처럼 들고 나가면, 모두의 가슴에 암처럼 버티고 있는 두려움을 벗어던지면…… 우리는 승리할 수 있어."

준호가 중얼거리듯이 말을 맺었다. 잠시 동안 면도칼 같은 침묵이 흘렀다.

"나는 싫어. 나는 모든 것을 다 떠났어. 내 고통조차 견딜 수 없단 말이야."

준호의 눈빛에 광기가 번들거렸다. 그의 어깨 너머로 늦가을의 하늘이 푸르게 젖어 있었다.

순범이가 말했다.

"이 고통을 견뎌 나가는 것만으로도 내가 태어난 몫은 하고 있는 거야. 나를 괴롭히지 마. 그건 너희들 일이야."

"우리 모두의 일이야. 죽는다고 모든 것을 떠날 수는 없어."

준호의 눈이 번쩍거렸다. 물기가 차 있었기 때문이었다.

"적을 죽일 수 없을 때, 적과 동지의 양심을 동시에 난타하는 길은 자기 자신을 죽이는 길밖에 없어."

둘은 잠시 동안 약속이라도 한 것처럼 입을 다물었다. 바람이 창문을 덜컹거리며 불어왔다. 그 소리가 둘의 가슴에 돌멩이를 던져 넣는 것처럼 여운을 남겼다.

"죽음이 눈앞에 있다고 하여 내가 더 강하다고 생각하지 마."

마침내 순범이가 입을 뗐다.

"살아 있는 동안에 나는 살려고 발버둥 치고 싶어. 그건 나의 권리야."

준호는 아무 소리도 하지 않았다. 그는 가볍게 몇 번 고개를 끄덕인 다음 그곳에서 나왔다.

마른 바람은 살갗을 거칠게 만들며 불었다. 그 동안에 몇몇 사람은 불려가서 조사를 받고 나왔고 몇몇 사람은 해고 조치되었다. 그중에는 준호도 끼어 있었다.

"인간이란 것에 대해 생각하면 갑자기 불쌍한 생각이 들어. 나쁜 버릇인 줄 알지만 잘 고쳐지지를 않아."

소주잔을 입에다 털어넣으며 준호가 말했다.

"돌아가는 상황을 보면 정말 미칠 것만 같거든."

"우리는 행복에 너무 굶주렸어."

내가 말했다.

"자기 자신을 괴롭힌다 하여 해결될 것은 하나도 없어. 비록 작은 것이지만 애정을 붙이는 게 필요하다고 생각해. 어차피 모두가 함께 일어서려면 시간이란 게 필요하잖아?"

"나도 연애를 할까?"

준호는 씁쓰레하게 말했다. 카바이트 불꽃이 그의 얼굴에 짙은 그림자를 만들었다.

"가난했지만 모여 살던 때가 좋았어. 요즘은 꿈속에 어릴 때 살던 고향 근처가 자주 나타나거든."

"잠시 집에라도 내려갔다 오지 그래."

"집?"

그는 냉소를 지었다.

"고향엔 이제 아무도 없어. 돌아갈 집도, 마음 붙일 곳도 없어."

"직장은 곧 나타날 거야."

나는 위로 삼아 말했다.

"나는 떠나지 않을 거야. 낙엽처럼 쫓겨 다닐 이유가 없어."

그는 갑자기 단호하게 말했다.

"끝까지 싸우겠어."

포장마차의 주인 영감은 이야기를 듣는 둥 마는 둥 연탄불에 손을 얹어 놓은 채 저쪽을 물끄러미 바라보고 있었다. 그의 뒤로는 커다란 검은 그림자가 바람이 부는 대로 펄럭거렸다.

"어떻게 할 작정이야?"

"누군가가 인간은 벌레가 아니라는 걸 증명해 주면 돼. 두려움의 껍질 속에 싸여진 목소리를 꺼내면 순식간에 단결하게 될 거야. 싸움을 시작하게 되면 비로소 이쪽이나 저쪽이나 사람 무서운 줄을 알게 되겠지. 인간은 벌레로는 결코 행복할 수 없다는 걸 깨닫게 되는 거야."

"순범이는?"

"두려워하고 있어. 하긴 죽음이 문 밖에 와 있다고 해서 모든 일에 용기를 가지라는 법은 없겠지. 나는 그가 영웅적으로 죽어 주기를 바랐어. 사람들 앞에서 단결을 호소하고 선언문을 읽고, 그 무엇을 위해서 때로 인간은 죽을 수도 있다는 것을 보여 주기 위해 스스로 횃불이 되어 산화해 주길 바랐어. 어차피 그는 죽을 목숨이잖아?"

나는 비로소 준호의 계획을 조금 눈치챌 수 있었다. 갑자기 무언가로 내리누르듯이 가슴이 답답해져 왔다.

"너는 너무나 지쳐 있어. 조급하구."

나는 가까스로 말했다.

"나도 좀 쉬고 싶어. 하지만 지금은 쉴 때가 아니야. 우리는 싸워야 해."

그는 다시 소주잔을 털어넣으며 말했다.

"순범이가 하지 않겠다면 내가 하지."

바람이 주인 영감의 커다란 그림자를 다시 펄럭거리며 지나갔다. 나는 그의 옆얼굴을 바라보며 오만 가지 감정이 휩쓸고 지나감을 느꼈다.

눈이 그쳤다.

그러고 나자 밟으면 밟히는 대로 뽀도독 소리가 날 것 같은 눈 위로 새파란 땅거미가 몰려왔다. 스팀에서 나오는 김이 맺혀서 물방울이 길쭉하게 생겨 있는 유리창에 방 안의 풍경이 희미하게 비쳤다. 그 뒤로 교회 첨탑의 색등이 울긋불긋하게 꽃을 피웠다.

"다섯 시도 안 되었는데 벌써 날이 어두워 오는군."

"날씨가 꾸무럭해서 그럴 거예요."

혼잣말처럼 중얼거리는 검사의 말꼬리에 타자수 아가씨가 뒤를 따랐다.

그는 배가 고팠다. 출정(出廷) 나오는 날은 점심이 변변치 않았다. 국물도 없이 고추 절인 것하고 오경찬 반찬으로 얼음덩어리 같은 밥을 몇 젓가락 뜨다가 그만두었다.

"오늘은 여기까지 하지."

검사는 문 옆 의자에 우두커니 앉아서 자는지 깨어 있는지 모르게 보이던 호송 담당 교도관을 불렀다. 그는 마치 잊고 있던 일을 그제야 생각해 낸 사람처럼 바싹 긴장하여 벌떡 일어서더니 그의 묶여져 있는 한쪽 팔을 잡았다.

그는 타자수 아가씨를 다시 한 번 눈여겨보고는 담당 교도관을 따라 나갔다. 철망이 쳐져 있고 더러운 커튼이 내려져 있는 호송차에는 먼저 온 죄수들이 웅크리고 앉아 있다가 그가 들어가자 일제히 그쪽을 바라보았다. 양말을 두 켤레나 껴 신었는데도 발가락이 떨어져 나갈 듯이 시렸다. 누비옷을 입은 여자 죄수들도 몇 명 눈에 띄었다. 그가 아무렇게나 자리 잡고 앉자 그 역시 이 을씨년스러운 풍경의 하나가 되어 다음에 들어올 사람을 기다리게 되었다.

"우리 아부진 말이야."

칼빈 총을 어깨에 멘 호송 교도관 하나가 한복을 입은 중년의 사내에게 반말로 이야기를 하고 있었다.

"그때 새엄마를 얻었거든. 그래서 걸핏하면 나더러 오리 새끼를 몰고 개천으로 나가라는 거야. 그때 우리 집에는 오리를 스무 마리쯤 키우고 있었거든. 나는 우리 아부지가 왜 날 내보내는지 알고 있었어. 그래서 오리 새끼들을 개천에다 몰아넣고 다시 몰래 집으로 돌아와서 문구멍으로 보곤 했어. 그 짓들이었지."

그는 낄낄거리고 웃었지만 아무도 따라 웃지 않았다. 앞 유리창 너머 흰 눈 위로 짙은 물빛 땅거미가 몰려오고 있었다.

"당신도 물총 사범이니까 충분히 이해가 갈 거야. 나는 간통 가지구서 이래저래 재판을 하고 지랄을 떠는 걸 보면 정말 우스워. 사실을 이야기하자면 나두 그게 전공이거든."

그는 재미있는 이야기라고 하였지만 그 옆의 중년은 떫은 표정으로 웃었다.

"그 참!"

한복을 입은 사내는 짐짓 점잖은 체 입맛을 다시었다.

그러나 대부분의 사람들은 바닥을 쳐다보거나 쇠그물코 사이로 바깥을 내다보거나 하면서 무표정하게 입을 다물고 있었다. 그들의 가슴에는 제각기 근심과 불안과 기대와 절망이 조용히 파도치고 있을 거였다. 그는 추위와 허기로 갑자기 피로가 엄습해 옴을 느끼고 부르르 몸을 한 번 떨었다.

순범이의 태도가 바뀌었다. 그것은 그가 삶에 더 이상 미련을 갖지 않기로 결심했다는 말이었다. 나는 그가 어떤 과정을 거쳐서 그러한 결정을 내리게 되었는지 잘 모르겠지만 생각하면 전혀 이해가 가지 않는 것은 아니었다. 순범이의 늙은 어머니는 그 즈음 그 곁에 놓여 있는 철침대에서 똑같이 죽어 가고 있었다. 그 동안 라면으로 때우면서 아등바등 모아 둔 얼마간의 돈도 다 까먹고 숫제 빚까지 조금씩 불어 가는 중이었다. 늙은 어머니는 순범이보다도 자기 신세를 한탄하여 친구들이 가면 붙잡고 꺼이꺼이 울어 대는 것이었다. 손바닥만 한 논뙈기마저 추수하기 바쁘게 팔아 치워 버리고 지금은 병원 근처에 사글세 방을 얻어 놓고 순범이의 뒤치다꺼리를 하고 있는 중이었다. 아직 스팀이 들어오지 않아 썰렁한 병실 구석에는 요강과 냄비가 놓여 있었다. 옛날 세무서를 개조하여 지었다는 병원은 오래된 건

물 냄새와 약품 냄새, 그리고 구석에 놓여져 있는 냄비와 요강에서 나는 냄새로 뒤범벅이 되어 있었다.

그는 자신의 운명을 생각했을 것이었다. 그리고 발치께가 신발 자국으로 더렵혀져 있는 계란색 병실 문을 들려 나가는 자신의 주검에 대하여 생각했을 것이었다. 그리고 할머니나 다름없는 자기 어머니의 끊임없이 꺼이꺼이 울어 대는 울음소리를 생각했을 것이었다. 그는 몇 밤이고 뜬눈으로 새우며 이 초라하고 가랑잎 같은 죽음에 대해 생각하며 두려움과 서러움을 느꼈을 것이었다. 그리고 이것이 모든 사람에게 한 번밖에 주어지지 않은 삶이라는 사실을 믿을 수가 없었을 것이었다. 그는 자신의 삶이, 자신의 그림자가, 누군가의 삶 속에서 다시 살아야 한다고 생각했을 것이었다. 둑 너머로 바람에 넘실거리는 풀은 하나의 풀이 풀 전부이고 풀 전부는 하나의 풀이라고 생각했을 것이었다. 그렇지 않으면 하나의 이름밖에 가지지 않은 자기가 죽을 이유가 없다고 생각했을 것이었다.

이 모두가 추측에 불과한 것이지만 어쨌든 순범이가 준호의 뜻에 따르기로 한 것은 분명했다.

나도 더 이상 발뺌을 할 수가 없었다. 모든 것이 불투명하고 불안하고, 마치 악령에 사로잡힌 것 같은 기분이 들었지만 어쩔 수가 없었다. 어차피 우리는 아무것에도 희망을 걸고 있지 않았다. 누군가 인간의 피를 흘려 주기를 조마조마하게 기다릴 뿐이었다. 이럴 경우에는 신념을 가진 한 사람에게 끌려갈 수밖에 없는 것이었다.

준호는 순범이의 심경에 혹시 다른 변화가 있을지 모른다고 생각하여 급속히 일을 진행해 나갔다.

"지금부터 아무것도 생각해서는 안 돼."

준호가 말했다.

"선도 악도 없이 그저 일만 있다고 생각하는 거야. 앞도 뒤도 생각할 필요가 없어. 무미건조한 사건만 기다리고 있다고 생각하는 거야."

나는 불안한 감정을 감추기 위하여 잠바 깃에다 턱을 반쯤 묻은 자세로 아래쪽만 바라보았다.

"일을 위해서는 철사줄 같은 신경이 필요하다구. 알겠지?"

그는 집게손가락 끝으로 나를 가리키며 말했다.

"다음 금요일 날 노사협조 모범업체 대규모 시찰단이 오거든. 그날이 디데이야."

그는 너덜너덜한 비닐 지갑을 꺼내어 거기에 붙어 있는 달력에 동그라미를 쳤다.

"그날 점심시간에 사람들을 모으는 거야. 다른 말 할 것 없이 구경거리가 하나 생겼다고만 하는 거야. 옛날 조합원들을 이용해서 될 수 있는 한 많이 끌어 모으는 거야. 때론 몇 가지 유언비어를 뿌릴 수도 있어. 이때 순범이가 나타나는 거야. 나는 미리 준비된 유인물을 들고 가겠어. 네가 순범이를 부축해. 사람들이 모이면 핸드마이크를 들고 몇 가지 구호를 외치는 거야. 우리들 가슴속에 꼭꼭 묻어 두었던 응어리진 구호들 말이야. 그리고 순범이가 단결과 계속적인 투쟁을 고무하는 준비된 연설을 하고…… 분위기가 피크에 달하거나 저쪽에서 방해를 할 경우에 준비된 신나를 순범이 몸에 끼얹는 거야. 그러고 나서 불을 붙이면…… 만사는 끝이야."

나는 꽁꽁 묶인 채 빠져나올 수 없는 늪 속에서 허우적거리는 사람처럼 가슴이 답답해져 옴을 느꼈다. 목구멍까지 올라오는 어떤 감정이 말로 표현되지 못하고 대신 가슴에 불덩어리를 만들었다.

"그래서 뭐가 해결되지?"

나는 가까스로 말했다.

준호는 아무 대꾸도 하지 않았다. 그는 이미 그런 질문 따위에는 대답을 할 필요가 없다고 생각했는지 몰랐다.

"이 이야기는 경선이에게도 해서는 안 돼."

그는 대신에 이렇게 주의를 주었다.

"이 일의 책임은 내가 전부 질 테니까 염려하지 마."

그는 나를 안심이라도 시키듯이 억센 손으로 내 어깻죽지를 한 번 힘껏 쥐었다. 나는 처량하게 웃었다.

"그날은 마침 얼음처럼 차가운 늦가을 비가 축축하게 내리고 있었습니다. 그러니까 목요일 밤이었지요. 우리는 그날 밤 순범이를 병원에서 빼내어 여관에서 재우고 다음 날 같이 가기로 한 것이었지요."

"가만있자. 그날이 바로 사건 당일이지?"

검사는 경찰 조서를 넘기며 말했다.

"그렇습니다. 사건은 금요일이 아니라 바로 그날 목요일 저녁에 일어났습니다."

"계속해."

"우리는 병원 앞 이층 다방에 앉아서 약속된 시간을 기다렸습니다. 순범이 어머니가 방을 비우고 병원이 가능한 한 한산한 시간을 잡았었지요. 대략 여덟 시경이라고 생각됩니다. 물론 순범이에게도 사전에 준비해 두도록 미리 연락을 해 두었었지요.

십일월도 저무는 금요일. 어스름 속에서 들려오는 노인네의 웅얼거림 같은 겨울비 소리가 왠지 착잡하게 가슴을 적셔 주었습니다. 우리는 말없이 번갈아 줄담배를 피우며 가끔 시계를 들여다보곤 했습니다. 내 마음은 마치 여행을 떠나는 사람처럼 설레이기도 하고 걷잡을 수 없이 불안해지기도 했습니다. 준호는 닫혀진 창틈으로 가끔 바깥을 내다보았습니다."

약속된 시간이 되자 우리는 병원으로 들어갔다. 둘 다 비닐우산을 하나씩 들었지만 나는 우산을 펴지 않고 준호의 우산을 같이 썼다. 비닐에 떨어지는 빗방울이 요란한 소리를 내며 우리를 감싸고 돌았다. 아랫도리가 금세 젖었다.

조금 복잡한 구조를 가지고 있던 복도는 예상했던 대로 한산했다. 밝은 형광등 불빛만이 흰색의 벽에 부딪쳐 어두컴컴한 창문 밖으로 빠져 달아나고 있을 뿐이었다. 수명이 다 된 형광등 하나가 경기 들린 놈처럼 푸덜푸덜 떨고 있었다. 가끔 환자의 가족으로 보이는 사람이나 간호사와 마주쳤지만 아무도 관심을 보이는 사람은 없었다.

3층 복도의 끝에 있는 순범이 병실에 이르자 우리는 각기 약속했던 대로 헤어져 나는 층계가 갈라지는 쪽의 창문 쪽으로 갔다. 망을 보기 위해서였다.

누군가 방해자가 나타날 경우엔 창문을 깨고 반대편으로 달아나기로 되어 있었다. 그 틈에 준호는 순범이를 부축하여 빠져나가는 것이다. 그럴 경우는 거의 없겠지만 만일의 사태에 대비한 것이었다.

준호는 나를 한번 쳐다보고는 순범이의 병실 문을 열고 들어갔다.

나는 창문에 붙어 서서 밖을 바라보았다. 눈이라도 왔으면 싶었는데 궁상맞은 겨울비가 끝도 없이 내리고 있었다. 잎새가 몇 개 남지 않은 나무들이 3층 창문 위로 뻗어 올라 있었다. 나무는 맨몸으로 차디찬 비를 맞고 있었다. 갑자기 한기가 명치끝으로 어슬어슬 몰려왔다. 빗속에서 건너편 다방의 불빛과 수은등과 병원 입구의 조명등이 심해의 물고기 눈깔처럼 흐릿하게 빛나고 있었다.

나는 담배를 계속해서 물고 있었다. 손가락이 뜨거워질 때까지 빨았다. 낯선 아주머니 하나가 쪽지를 들고 두리번거리다가 4층으로 올라가 버렸다. 나는 초조해지기 시작했다. 안에서 이루어질 상황은 너무나 간단했다. 순범이의 옷을 갈아입혀서 같이 나오기만 하면 되는 것이었다. 어쩌면 순범이는 미리 옷을 갈아입고 대기해 있었을는지도 몰랐다.

담배를 두 대째 연속 태우고 나서도 아무런 기척이 없었다. 이미 예정된 시간이 훨씬 넘어서고 있었다. 방광에 오줌이 꽉 차는 것 같았다.

나는 주위를 한번 살펴보고는 순범이의 병실로 걸어가서 손잡이를 돌렸다.

문을 열고 들어가는 순간 내 눈앞에는 정말 예기치 않은 일들이 벌어져 있었다. 나도 처음에는 도무지 무슨 일이 어떻게 돌아갔는지 몰라 한참 동안 어리벙벙해져 버렸다.

한쪽 벽에는 준호가 창백한 얼굴로 기대서 있고 침대 위에는 순범이가 앉아서 침대 모서리의 철제 프레임을 한 손으로 꽉 잡고 토끼눈이 되어 벌벌 떨고 있었다. 그의 얼굴은 완전히 백지장처럼 하얗게 변해 있었다.

준호의 얼굴은 그가 방금 무슨 일을 저질렀는지 말해 주고 있었다. 그의 얼굴 역시 핏기라고는 하나도 없이 종이처럼 하얗게 변한 채 식은땀이 배어 있었다. 그는 벽에 기대어 간신히 서 있는 것이었다. 단지 그의 눈빛만이 열기에 뒤섞여 형언할 수 없는 표정을 짓고 있을 뿐이었다.

"준호가! 준호가 약을 먹었어……."

순범이가 떨리는 목소리로 말했다.

순간 가슴이 덜컥 내려앉는 것 같았다. 나는 급히 준호에게로 가려 했지만 준호는 손을 내저었다.

"가까이 오지 마."

그의 발음이 꼬부라졌다. 그는 최대한의 자제력을 유지하고 있는 듯이 보였다. 나는 그 자리에 서서 가슴에 손을 얹었다.

"너희들 모두 내 죽는 모습을 바라봐. 내가 어떻게 죽는지 모두들 기억해 두라구. 적을 죽일 수 없을 땐 자신을 죽이는 거야."

그의 눈은 충혈되고 다리가 후들후들 떨렸다.

“우린 벌레가 아니야! 우린 기계도 아니야! 매일매일 강간을 당하고 가랑잎처럼 희망도 없이 쫓겨 다닐 수는 없어. 내가 어떻게 죽는지 잘 보라구. 적을 죽일 수 없을 땐…….”

그는 그 자리에 허물어지듯이 주저앉았다. 나는 정신없이 달려가서 그를 안았다. 그는 자주 까뒤집혀지는 눈을 애써 바로 뜨면서 말했다.

“약을 먹은 건 실수였어. 좀 더…… 좀 더…… 기다려야 했었는데…….”

나는 그를 그 자리에 뉘어 놓고 문을 박차고 나가서 미친 듯이 간호사를 불렀다.

“순범이가 막판에 번복을 했던 것이죠. 하긴 그의 감정이 정상적인 상태라고는 볼 수 없었을 것입니다.”

타자수 아가씨의 오타가 잦아졌다. 그녀는 얼굴이 상기되어 화이트로 오자를 지우고 다시 쳤다. 며칠째 내리던 눈도 그치고 그 대신 칼날 선 바람이 쌓여져 있는 눈을 안개처럼 날리며 지나가곤 했다. 바람 소리와 스팀에서 새어 나오는 김 빠지는 소리가 넓고 안정된 검사실의 분위기를 더욱 편안하게 만들어 주고 있었다.

“준호가 방에 들어갔을 때 순범이는 마치 악몽에서 금방 깨어난 사람처럼 두려움에 차 있었습니다. 그는 준호에게 제발 좀 살려 달라고 애원을 했습니다. 그리고 자기는 아직 죽어서는 안 된다고 목 메인 하소연을 했던 것입니다. 준호는 그를 진정시켜 보려고 했지만 소용이 없었습니다. 그는 마치 허깨비를 보고 있는 것 같았습니다. 인간이 얼마나 추잡스러울 수 있는가를 보여 주겠다는 듯이 눈물을 펑펑 쏟아 내며 준호의 팔에 매달리는 것이었습니다. 준호는 모든 것이 절망에 싸여 깊고 깊은 골짜기로 떨어지는 느낌이 들었습니다. 그는 순범이에게 말했습니다. "제발, 그만해 둬." 그는 화가 나서 순범이를 침대에 떠밀어 놓고는 문께로 걸어 나갔습니다. 그러다가 갑자기 무슨 생각이 들었던지 그 자리에서 되돌아섰습니다. 그러고 나서 순범이에게 말했습니다. "제발, 그따위 추잡한 엄살은 떨지 마. 죽는 게 그리 무서워?" 그의 기세에 눌려 순범이는 꼼짝 않고 입을 다물어 버렸습니다. 그러나 그는 여전히 벌벌 떨고 있었습니다. "새벽부터 밤까지, 코피로 기계를 적시며 일하는 친구들을 생각해 봐. 먼지 쌓인 작업장에서 일요일도 없이 허옇게 뜬 얼굴로 노새처럼 일하는 친구들을 생각해 봐. 우린 싸워야 돼! 우리가 싸우지 않으면 아무도 우리를 생각해 주는 사람이 없어!" 그의 얼굴이 벌겋게 달아올랐습니다. 그는 주머니에서 알약을 꺼내었습니다. 분신에 실패할 경우 순범이에게 주기로 한 약이었지요. "나는 죽는 것이 두렵지 않아. 인간은 자기가 사랑하는 것을 위해 죽을 수도 있는 거야. 그게 인간이야." 그는 이렇게 말하며 순식간에 알약을 삼켜 버렸습니다. 말릴 틈도 없었던 것이었지요."

"그날 밤에 체포되었군."

검사는 혼잣말처럼 말했다. 올백으로 넘긴 그의 이마 한구석에는 흉터 자국이 맨들맨들하게 드러나 있었다. 그는 타자수 아가씨로부터 그간에 기록된 진술서를 받아서 쭉 훑어 나갔다. 가슴속이 텅텅 비어서 무언가가 그 빈 공간을 메꾸어 주었으면 싶었다. 경선이의 웃는 모습이 한 컷의 사진처럼 떠올랐다. 그것은 아무런 움직임도 없이 고정된 모습이었다. 그는 웃는 모습을 움직이고 그것을 자신과 연결시켜 보려고 노력했지만 그게 앞에 앉아 있는 타자수 아가씨의 얼굴과 겹쳐 자꾸 혼란이 되었다. 불과 얼마 되지 않은 시간이 지났는데 마치 멀고 먼 옛날 일처럼 기억의 밑바닥에 침잠되어 가는 것이었다. 그는 검사가 그것을 다 훑어볼 때까지 묵묵히 고개를 숙이고 있었다.

공장은 여전히 옛날과 다름없이 그렇게 돌아가고 있을 것이었다. 준호의 장례식에는 경찰들이 다녀갔다고 했다.

'위의 진술이 사실과 다름이 없음을 확인합니다.'

이렇게 쓰고 이름 끝에는 엄지손가락에 인주를 묻혀서 찍었다. 종이와 종이 사이는 접어서 접힌 부분마다 또 손도장을 찍었다. 빨간 꽃잎이 하나씩 찍힌 진술서는 그제야 무게 있게 모양이 갖추어지는 것 같았다. 바람이 다시 쌓여 있는 눈을 휩쓸고 지나가며 안개를 피웠다.

강바람이 날카롭게 옷깃을 파고들며 맨살에 금속성의 한기를 부벼 대었다. 다리가 얼얼하게 굳어져 왔다. 그는 성냥불을 켜서 시계를 보았다. 시침은 벌써 한 시간을 더 지나고 있었다. 멀리 강 위로 전철이 물뱀처럼 호사스런 몸짓으로 지나갔다. 흰 이빨을 희미한 달빛 아래 드러내 놓은 강은 건너편 공장의 불빛을 받아 꽃수를 놓고 있었다. 그는 천천히 자리에서 일어났다. 온몸이 얼어붙는 것처럼 추웠다.

그는 아무런 미련도 없이 다시 한 번 성당 주위를 돌아본 후 강 쪽에다 대고 오줌을 갈겼다. 오줌은 발치께에 떨어졌다. 어디로 가야 할지 막막한 기분이 들었다. 몸을 마구 떨어 본 다음 심호흡을 하고 철문께로 갔다.

철문은 빗장이 걸리고 맹꽁이 자물쇠로 잠겨 있었다. 그는 들어올 때처럼 키 낮은 철책으로 가서 다리를 걸고 훌쩍 뛰어넘었다.

그때, 뒤에서 누군가 그림자처럼 나타나서 그의 팔을 슬쩍 잡는 것이었다. 그는 그 자리에 그대로 뻣뻣하게 굳어져 버렸다. 신경이 한꺼번에 확 낚아채이어 움직이지 못하도록 단단하게 못이 박혀 버린 듯한 느낌이었다.

돌아보지 않아도 그게 누구의 손이라는 것을 그는 직감으로 알 수 있었다.

"여기서…… 한 시간이나 기다렸잖아요."

그것은 까마득한 터널의 저쪽에서 들려오는 소리였다. 그 소리는 나지막했지만 그의 가슴을 왕왕 울려 대는 소리였다.

그는 차마 뒤돌아볼 용기가 나지 않았다.

강바람이 점점 세게 불어오고 있었다.

《깊은 강은 멀리 흐른다》(실천문학사, 1999)

가다밥 콩과 보리, 해묵은 쌀 따위로 지어낸 밥.

계엄령 국가 비상시 국가 안녕과 공공질서 유지를 목적으로 법률이 정하는 바에 따라 헌법 일부의 효력을 일시 중지하고 군사권을 발동하여 치안을 유지할 수 있는 국가 긴급권의 하나로, 대통령(최고 통치권자)의 고유 권한이다.

망루 적이나 주위의 동정을 살피기 위하여 높다랗게 지은 다락집.

몰핀 아편의 주성분이 되는 알칼로이드. 냄새가 없으며 맛이 쓰고 물에 잘 녹지 않는 무색의 결정체이다. 마취제나 진통제로 쓰는데, 많이 사용하면 중독 증상이 일어난다.

베니아 베니어. 얇게 켠 나무 널빤지를 나뭇결이 서로 엇갈리게 여러 겹 붙여 만든 널빤지.

뺑끼통 경찰서 또는 유치장 안의 개방형 화장실을 일컫는 말.

사범 법적인 처벌을 받을 만한 행위.

수정 수갑. 죄인이나 피의자의 행동이 자유롭지 못하도록 양쪽 손목에 걸쳐서 채우는 형구.

시찰단 두루 돌아다니며 실지의 사정을 살피기 위하여 조직한 사람들의 무리.

연근 쉬지 않고 연달아 하는 근무.

영치함 피의자, 피고인 또는 감옥에 갇혀 있는 사람에게 딸린 물건을 보관해 두는 통.

오경찬 옥용찬(일제 강점기 때부터 있었던, 감옥의 죄수들에게 먹이던 반찬). 무, 마늘종, 단무지, 홍당무 등을 소금에 절인 매우 짠 반찬.

외람되다 하는 짓이 분수에 지나치다.

출정 법정에 나가는 일.

1 사건이 일어난 그해 가을의 상황을 묘사해 봅시다.

2 순범이에게 희생을 요구하는 준호를 옹호하거나 비판해 봅시다.

3 준호는 왜 죽음을 택했을지 그 이유를 추리해 봅시다.

4 이 소설의 제목 '멀고 먼 해후'의 의미는 무엇일지 이야기해 봅시다.

그는 5년간의 수감 생활을 마치고 겨울 새벽 감옥소 문을 나서면서 경선이라는 이름의 여자를 떠올렸다. 감옥소에 간 뒤, 서로를 자유롭게 해 주자며 떠나보낸 여자였지만 그는 결국 출감하기 전 그녀에게 편지를 보냈다. 성당으로 갔으나 약속 시간이 지나도 그녀는 보이지 않았다.

그와 황준호, 최순범은 같은 공장의 조합원이었다. 황준호는 위원장으로서 조합을 이끌었고, 최순범은 황준호의 열성적인 추종자였으나 위암 선고를 받고 공장을 그만두었다. 그 즈음 계엄령이 내려져 거리에는 탱크가 서 있었고, 회사 측이 노조를 불법화시킬 낌새를 보이자 모든 사람들이 위축되어 흩어졌지만 황준호만은 희망을 지니고 있었다.

어느 날 준호가 그를 다방으로 불러냈다. 여기서 포기하면 형편이 더 나빠질 것이므로 저항하는 길밖에 없으며, 무엇보다 두려움을 없애야 하는데 그러자면 누군가가 죽어야 한다고 했다. 그게 누구냐고 묻자 순범이를 설득하겠다고 했다. 처음에 준호의 제안을 듣고 완강하게 거부했던 순범은 얼마 뒤 생각이 바뀌어 준호의 계획을 따르겠다고 했다. 순범이의 심경이 또 바뀔 것을 염려하여 일은 빠르게 진행되었다. 노사협조 모범업체 시찰단이 오는 금요일, 점심시간에 사람들을 최대한 많이 모아 놓고 구호를 외친 뒤 순범이가 준비된 연설을 하고, 신나를 순범이의 몸에 뿌린 후 불을 붙이면 끝이었다.

미리 순범이를 병원에서 데리고 나올 계획으로 그는 준호와 함께 병원으로 갔다. 준호가 순범이를 데리러 병실로 들어가고 그는 밖에서 망을 봤다. 그런데 시간이 지나도 아무 소식이 없자, 그가 순범이의 병실로 가서 문을 열고 들어서자 준호가 핏기 없는 새하얀 얼굴로 간신히 벽에 기대고 서 있었다. 마지막 순간에 순범이가 결심을 번복한 모양이었다. 그러자 준호는 인간은 자신이 사랑하는 것을 위해 죽을 수도 있는 것이라며, 약을 먹어 버린 것이다. 그날 밤 그는 체포되었다.

벌써 약속해 놓은 시간보다 한 시간이 지나 있었다. 그는 성당을 한 바퀴 둘러보고 낮은 철책을 훌쩍 뛰어넘었다. 그때 누군가 그의 팔을 잡으면서 한 시간이나 기다렸다고 말했다. 그것은 그의 가슴을 왕왕 울려 대는 소리였다.

유신, 군사 독재 시절로 불리는 1970년대와 1980년대까지는 온 국민이 정상적인 주권을 행사할 수 없는 시대였는데, 노동자들의 권리는 더욱 억압당했다고 할 수 있다. 계엄군이 탱크를 끌고 골목을 지키고 섰는가 하면, 회사에서는 노동조합을 해체시키기 위해 갖은 방법을 동원했다. 노조위원장 황준호는 누군가의 희생으로 노조원들을 자극해서 자신들이 벌레가 아님을 보여 줘야 한다고 생각한다. 암에 걸려 죽을 날이 얼마 남지 않은 최순범에게 의로운 죽음을 권하는 것은 이해할 수 있는 일인가. 준호의 계획을 들은 그는 그건 살인이라고 말한다. 이 장면은 여러 가지를 생각하게 한다. 목숨을 걸 만큼 현실이 절박했다는 얘기일 수도 있겠지만 목숨까지 걸고 얻을 수 있는 것이 무엇인지 곱씹어 보게 하는 것이다. 결국 이런 상황을 지켜봤고, 순범이의 분신을 함께 추진했던 그는 이 일로 5년간 감옥 생활을 한다.

그는 감옥소에서 나올 때 터널을 빠져나오는 것 같은 기분을 느낀다. 터널 이쪽 끝과 저쪽 끝을 이어 주는 건 아무것도 없다. 단지 경선이라는 이름의 애인이 있을 뿐이지만 그녀가 나와 주기를 기대하는 것은 무리일지도 모른다. 그런데 그녀는 상당 앞에서 한 시간을 기다렸다고 한다. 터널 같은 비인간적인 삶을 벗어나서 그는 새로운 인간적인 삶을 살 수 있을까.

문학시간에 소설읽기 2

엮은이 | 전국국어교사모임

1판 1쇄 발행일 2004년 8월 16일
개정판 1쇄 발행일 2013년 6월 24일
개정판 4쇄 발행일 2019년 9월 23일

발행인 | 김학원
편집주간 | 김민기 황서현
기획 | 문성환 박상경 김보희 최윤영 전두현 최인영 정민애 김주원 이문경 임재희 이화령
디자인 | 김태형 유주현 구현석 박인규 한예슬
마케팅 | 김창규 김한밀 윤민영 김규빈 김수아 송희진
제작 | 이정수
저자·독자 서비스 | 조다영 윤경희 이현주 이령은(humanist@humanistbooks.com)
스캔·출력 | 이희수 com.
용지 | 화인페이퍼
인쇄 | 청아디앤피
제본 | 정민문화사

발행처 | (주)휴머니스트 출판그룹
출판등록 | 제313-2007-000007호(2007년 1월 5일)
주소 | (121-869) 서울시 마포구 동교로23길 76(연남동)
전화 | 02-335-4422 팩스 | 02-334-3427
홈페이지 | www.humanistbooks.com

ISBN 978-89-5862-622-0 44810
ISBN 978-89-5862-620-6 (세트)

만든 사람들

편집주간 | 황서현
기획 | 문성환(msh2001@humanistbooks.com)
편집 | 이영란
디자인 | 최우영
일러스트 | 김대중

• 이 도서의 국립중앙도서관 출판시도서목록(CIP)은 서지정보유통지원시스템 홈페이지(http://seoji.nl.go.kr)와 국가자료공동목록시스템(http://www.nl.go.kr/kolisnet)에서 이용하실 수 있습니다.(CIP제어번호: CIP2013008061)